BERNARD FRIOT

LA MIA FAMIGLIA E ALTRI DISASTRI

ILLUSTRAZIONI DI SILVIA BONANNI

TRADUZIONE DI ROSA PAVONE

il castoro

STORIE
DI
SARA

LISTA

Ieri la mamma si è messa lo smalto sulle unghie. Ha provato un nuovo colore, rosa argentato. Orrendo. Chiaramente, era proprio il momento in cui dovevamo andare al supermercato. Già non è che fossimo in anticipo. E il suo smalto non si asciugava. Allora mi ha chiesto: «Senti, scriveresti la lista della spesa? Prendi carta e penna che ti detto».

«Va bene», ho risposto, «ma poi non brontolare se ci sono errori di ortografia».

Lei ha cominciato:

«Cavoletti di Bruxelles, un chilo e mezzo».

Sono diventata verde. Cavoletti di Bruxelles, puah! E magari anche gli spinaci, visto che c'è!

Non ho detto niente. Ho scritto: *cioccolato, un chilo e mezzo.* In fondo, "cioccolato" e "cavoletti di Bruxelles" cominciano tutti e due per "c".

Poi ho fatto una riflessione. Un chilo e mezzo forse è troppo. E poco preciso.

Allora ho corretto: *una tavoletta di cioccolato al latte, una alle nocciole, e una di cioccolato bianco.*

«Sara, ci sei?», ha chiesto la mamma.

«Sì», ho risposto, «continua pure».

«Una confezione di lenticchie», ha dettato.
Lenticchie? Mai nella vita.
Ho scritto: *un litro di gelato alla vaniglia.*
Poi ho detto:
«Fatto, mamma».
Lei ha soffiato sulle unghie e ha proseguito:
«Poi scrivi: tre scatolette di tonno al naturale».
«Tonno con una o due “n”?», le ho chiesto.
«T-O-N-N-O», ha scandito la mamma.
«Ah, sì, grazie…».
E ho scritto: *tre scatole di sofficini.*
I sofficini mi piacciono da morire. E in più, il mio fratellino li detesta… Sai che faccio, ne aggiungo una scatola tutta per lui.
«Vado troppo veloce?», mi ha chiesto la mamma.

«Oh, no», le ho risposto, «per niente. Mi piace molto fare la lista della spesa. È interessante».
«Trovi?», ha detto la mamma. «Adesso aggiungi: carta igienica, dodici rotoli».
Ho scritto: *carta igienica, dodici rotoli.*
Può essere utile, in fin dei conti.

Poi la mamma ha dettato: «Fegato di vitello (e pensare che non abbiamo neanche un gatto), yogurt al naturale, zucchine, patate, senape, un fustino di detersivo, sei bottiglie d'acqua».
E io ho scritto, impegnandomi per non fare errori: *yogurt alla fragola, salatini, patatine fritte surgelate, mousse al cioccolato, sei bottiglie di Coca, due pacchetti di fragole Haribo, una scatola di piselli, un pacchetto di Mars, dieci pacchetti di gomme da masticare, Smarties, biscotti, gelatine alla frutta, Big Babol.*
«Credo che non abbiamo dimenticato niente», ha concluso la mamma. «Vuoi qualcos'altro?»
«No, no», ho detto, «mi sembra che ci sia tutto. Possiamo andare».
La mamma si è alzata per mettersi la giacca. Improvvisamente, si è girata verso di me e mi ha detto: «Aggiungi una cosa che ti piace, Sara, te lo sei proprio meritato… Non so, una tavoletta di cioccolato, per esempio, ti piace tanto il cioccolato con le nocciole. Dai, segnalo…».
D'un tratto mi sono sentita un po' stupida. Il cioccolato alle nocciole c'era già sulla mia lista. Ma dovevo proprio scrivere qualche cosa.
Allora ho scritto: *cavoletti di Bruxelles, un chilo e mezzo.*

ZOO

Sono andata allo zoo con la mia sorellina. Ho visto una signora che dava da mangiare alle anatre. Gettava lontano dei pezzi di pane e loro nuotavano a tutta velocità per prenderli.
Poi siamo passati davanti alla gabbia delle scimmie.
Un ragazzo ha lanciato una banana attraverso le sbarre. Due scimmiette sono ruzzolate giù dal loro albero per impadronirsene.
Allora mi è venuta un'idea. Ho preso la mia sorellina per mano e l'ho portata a vedere i coccodrilli. Non c'era molto da vedere. I coccodrilli dormivano nella loro pozza d'acqua, spuntavano solo gli occhi. Ho sollevato la mia sorel-

lina e l'ho lanciata al di sopra della barriera, pluf! Proprio in mezzo alla pozza. Allora i coccodrilli si sono svegliati, e hanno fatto a gara per divorarla...

Ma no, non è vero, è uno scherzo, non è andata così.
In realtà, sono andata allo zoo con la mia sorellina. Ho visto una signora che..., ecc. Poi siamo passate davanti alla gabbia delle scimmie…, ecc.
Allora mi è venuta un'idea. Ho preso la mia sorellina per mano e l'ho portata a vedere i coccodrilli.
Lei mi ha chiesto:
«Sara, sono buoni i coccodrilli?».
Mi sembrava che avessero un'aria buona. I coccodrilli dormivano nella loro pozza d'acqua e spuntavano solo gli occhi.
Allora ho risposto:
«Oh, sì, sono buonissimi».
«Li voglio accarezzare!», ha detto lei.
Voglio molto bene alla mia sorellina, quindi l'ho aiutata a passare sopra la barriera. Si è avvicinata alla pozza, ha avvicinato la mano, un coccodrillo ha aperto la bocca, ha afferrato la mano della mia sorellina e crrrrrsshh, crrrrshh! l'ha ingoiata cruda.

Ma no, non è vero, è uno scherzo…
In realtà, io non ho una sorellina. Ho solo un fratellino. Si chiama Mattia. Questo pomeriggio lo devo portare a spasso.
Me l'ha chiesto la mamma.
Lo porterò allo zoo.
«Vieni, Mattia?»

L'UOMO DEL FRIGORIFERO

Di notte ho paura. Penso continuamente all'uomo del frigorifero. È così che lo chiamano al telegiornale. L'assassino che, di notte, sempre di notte, entra nelle case per rapire i bambini e portarli a casa sua.

Poi, li strangola. E li mette nel frigorifero.

Non si conosce il suo nome, nessuno ha mai visto la sua faccia. Ma la polizia ha scoperto tre piccoli cadaveri, stipati nel frigorifero di una casa abbandonata. È vero, l'hanno detto al telegiornale.

Allora di notte ho paura. Sento l'uomo del frigorifero che sale le scale, si avvicina, è qui, ora apre la porta e mi porta via!

No. È finita, se n'è andato.

Ma io non ci resto qui. Vado a trovare mio fratello piccolo.

Avanzo pesantemente nel corridoio, bum, bum, bum, apro lentamente la porta della sua camera.

Perfetto, cigola orribilmente.

«Mattia... Mattia... dormi?»

Faccio il vocione, agito le braccia.

«Mattia... ahhh... ahhh... Mattia...»

Incredibile! Non si muove! Dorme veramente o fa finta?

«MATTIA!»

Ah, finalmente si muove.

«Mattia, ho visto l'uomo del frigorifero! Guardavo fuori dalla finestra, e ho visto un tipo in strada con un frigorifero sulla schiena. Sono sicura che è lui! Ho paura, Mattia, forse è qui vicino... davanti a casa nostra... si arrampica sulla grondaia... entra dalla finestra del bagno... lo sai, papà si dimentica sempre di chiuderla... avanza nel corridoio... tira fuori il coltello... entra in camera tua... e zac! Ti taglia la gola! Ahhh, è una cosa orribile! Fratellino mio adorato, sgozzato come un coniglio!»

Scoppio in lacrime. Mi immagino le lenzuola, il tappeto, i muri pieni di sangue... che schifo.

«Ma no», dice Mattia, «l'uomo del frigorifero non sgozza i bambini, li strangola».

Ops, ha ragione. Bisogna ricominciare tutto daccapo.

«Va bene, allora, si arrampica sulla grondaia... rompe il vetro della finestra... si avvicina al tuo letto... ha un pezzo filo da pesca in mano... te lo passa intorno al collo... ti svegli, vuoi urlare... troppo tardi, zac! Ti ha strangolato! In un attimo ti mette in un sacco di plastica, ti porta da lui, ti chiude in frigorifero. Con un'etichetta attaccata alle dita dei piedi: "Da consumare entro il 1° aprile!"».

Ho la pelle d'oca per quanto è orribile questa storia.

«Ehi, Mattia, mi ascolti?»

No, non ci credo, si è riaddormentato! Con tutta la fatica che ho fatto...

«Ah no, Mattia, non te la cavi così facilmente. Perché io adesso scendo in cucina, apro il frigorifero... e mi mangio la tua torta di compleanno! Uhmm, quella deliziosa torta al cioccolato me la mangio tutta in un boccone... perché io sono la RAGAZZA DEL FRIGORIFERO! AH, AH, AH!»

CIOCCOLATA

PROLOGO
(è quello che succede prima della storia)

Stamattina, quando mi sono alzata, ho trovato un messaggio sul tavolo della cucina.
Sono dal panettiere. Rientro presto, occupati di tuo fratello.
Va bene, mamma, mi occuperò di Mattia.
«Vieni, Mattia! Guarda. Preparo l'occorrente: una tazza, latte, cioccolato in polvere. Sai che devi fare, spero. Bene, cominciamo. Attenzione: uno, due, tre!»

STORIA
(ma molto strana, vi avviso)

Ho versato il cioccolato in polvere nella tazza del mio fratellino Mattia. Poi il latte tiepido. Ho dato la tazza a Mattia. L'ha sollevata. L'ha fatta cadere. Tutta la cioccolata sul tavolo. Ho asciugato.

Ho ricominciato. Ho versato il cioccolato in polvere nella tazza del mio fratellino Mattia. Poi il latte tiepido. Ho dato la tazza a Mattia. L'ha sollevata. L'ha fatta cadere. Tutta la cioccolata sul tavolo. Ho asciugato. Ho ricominciato. Ho versato il cioccolato… Sette volte di seguito.

La settima volta ho pensato:
«Bisogna fare qualcosa, sta diventando veramente noioso».

Ho preso un pezzo di corda, mi sono avvicinata a Mattia e gli ho legato le mani dietro la schiena. Poi ho preparato la cioccolata. Ho sollevato la tazza e l'ho accostata alle labbra di Mattia.
Ha aperto la bocca e ha ingoiato tutto. In una volta, come si deve.
Ho pensato:
«Non è molto avvincente».
Però ho ricominciato. Ho preparato la cioccolata, ho sollevato la tazza e l'ho accostata alle labbra di Mattia. Ha aperto la bocca e ha ingoiato tutto. In una volta, come si deve.
Sette volte di seguito. Non molto eccitante. Tranne per il fatto che la faccia di Mattia era diventata di uno strano colore, tipo marrone verdastro. Gli ho slegato le mani e gli ho detto:
«Mattia, non sei affatto un tipo interessante».
Mi ha guardato accarezzandosi la pancia, con un'aria sempre più strana. Poi ha aperto la bocca e ha vomitato tutta la cioccolata. Litri e litri, una fontana di cioccolata che colava dal tavolo sulle mattonelle.
Ho tirato su tutto, con la spugna e lo straccio. E mi sono scusata:

«Ritiro quello che ho detto, Mattia. In fondo ci si diverte un sacco con te».

EPILOGO
(che significa “fine”)

Mamma è arrivata in quel momento. Ha chiesto:
«Siete stati bravi?».
Ho risposto:
«Sì, abbiamo giocato».
Non ha ascoltato. Ha detto:
«Vi ho portato le brioches per colazione. Mattia, che cosa bevi stamattina? Cioccolata?».

MALATA

Sono stata malata. Mi è piaciuto.
Avevo molto male alla gola, non potevo ingoiare niente.
Avevo 40 di febbre. Insomma, quasi.
Papà e mamma hanno litigato per decidere chi si sarebbe occupato di me.
«Io non posso», diceva mia madre, «ho preso già tre permessi questo mese per Mattia. Ti immagini che cosa dirà il mio capo?».
«E io», diceva papà, «ho troppo lavoro alla macelleria, ho tre bestie da squartare».
Ma bene! Papà preferisce le sue cotolette a me. Mamma, peggio ancora, preferisce mio fratello piccolo.
Ho detto:
«Non preoccupatevi per me. In ogni caso, sto per morire. Così starete tranquilli».
«Non dire scemenze, Sara», ha detto mamma. «Hai solo le placche in gola».
«Non ti preoccupare, troveremo una soluzione», ha detto papà.
Io ho pianto lo stesso. Erano proprio scocciati.
Mi è piaciuto.

Alla fine, la mattina è rimasta a casa la mamma.
Mi ha detto:

«Resta a letto e dormi. Ne approfitto per pulire la cucina».
Io ho fatto "aaahrr aaahrr", perché mi faceva male la gola.
«Ti porto una limonata calda, va bene?», ha detto.
Ho rovesciato tutto, ma è stata colpa sua, il bicchiere era bollente. Ha dovuto cambiare le lenzuola e la coperta. Nel frattempo, sono andata nel letto di papà e mamma. Ho cercato di leggere, ma mi è venuto mal di testa. La mamma mi ha dato un'aspirina. Ma l'aspirina mi ha fatto vomitare. Allora lei ha dovuto cambiare anche le lenzuola del suo letto. E pulire il tappeto.

Mi sono sistemata in salotto per guardare la televisione. Era l'ora di *Beautiful.* C'erano una ragazza e un ragazzo che si baciavano. Mi sono immaginata che al posto della ragazza c'ero io e che il ragazzo si chiamava Luca, come uno che è in classe mia, carinissimo, con gli occhi azzurri, ma proprio azzurri... Era talmente bello che mi è venuto da piangere. Mamma si è preoccupata. Mi ha messo la mano sulla fronte. Mi è piaciuto sentire la sua mano fresca sulla fronte.
Ha detto:
«Non hai quasi più febbre. Vuoi mangiare qualcosa?».
«Sì», ho detto. «Sofficini.»
Ne ho approfittato, perché non fa mai i sofficini per colpa di mio fratello a cui non piacciono.
Ne ho mangiati quattro, con un litro di ketchup. Dopo mi sono sentita un po' strana. Sono andata a coricarmi.
«Non è che vuoi vomitare di nuovo?», ha detto la mamma.
Avrebbe fatto meglio a star zitta: come da copione, ho vomitato i sofficini. Mi è piaciuto.

Papà è rimasto con me il pomeriggio.
Mi ha detto:
«Riposati, ne approfitto per fare ordine in bagno».
Gli ho chiesto di sistemarmi la tele in camera. C'è voluto molto, perché non trovava la prolunga per l'antenna. E comunque è negato per il fai da te. Per colpa sua mi sono persa *Febbre d'amore*. Per ripicca, l'ho costretto a giocare a carte. Abbiamo litigato perché mi ha accusata di barare e mi sono sentita di nuovo malissimo. È dovuto andare in farmacia a prendere delle altre medicine. Ma quando è rientrato, mi sentivo meglio e non le ho volute. Era arrabbiato, ma gli ho dato

tanti baci e l'ho chiamato "paparino mio" e allora ha detto che avrebbe giocato con me alla parrucchiera. Gli ho fatto delle mèches blu e gli ho riempito i capelli di elastici e di nodini. Era molto imbarazzato quando la vicina è venuta a riportare mio fratello piccolo da scuola.
Mi è piaciuto.

L'indomani mattina ero guarita.
Però era malato Mattia, placche in gola naturalmente, per copiarmi. Ho detto ai miei genitori:
«Non sarà una passeggiata occuparvene, non vi invidio!».
E me ne sono andata a scuola a ritrovare i miei compagni.

NESSUNO MI AMA

Nessuno mi vuole bene.
Raccontano un sacco di storie su di me, dietro le mie spalle, dicono di tutto.
I miei genitori, per esempio. Stamattina uscivo dal bagno mentre stavano facendo colazione e li ho sentiti che dicevano:
«Hai visto come si pettina? Alla sua età! È ridicola».
E questo solo perché metto un po' di gel e ho una mèche decolorata. Che cosa dovrebbero dire allora della vicina di sotto! Ha sessant'anni e si tinge i capelli di rosso fluorescente.
A pranzo mio fratello e io abbiamo mangiato dalla nonna. A un certo punto è squillato il telefono. Nonna è uscita in ter-

razza perché non sentissimo quello che diceva. Ma io ho l'orecchio fino.
«Non so cos'ha in questo momento», diceva la nonna, «è insopportabile. Una peste!».
E questo solo perché l'altro giorno le ho fatto notare che aveva il triplo mento. Mentre mia cugina Chiara, domenica scorsa, le ha dato della grassa strega baffuta e ha buttato a terra una pila di piatti di porcellana.

Oggi pomeriggio, davanti allo stadio, ho visto Luca. È in classe mia e di solito lo trovo simpatico. Ma questa volta era con un suo amico, accanto a un motorino verde brillante e quando gli sono passata accanto ho sentito che diceva:
«Non è un granché. Non mi piace affatto il colore».
E questo solo perché mia madre mi ha costretto a mettere questa giacca a vento azzurra che odio. Che vergogna! Sono diventata rossa come un peperone e sono scappata senza voltarmi.
Ero davvero giù quando sono tornata a casa. Sono andata direttamente a chiudermi in bagno. Mi sono guardata nello specchio sopra al lavandino. Per tanto tempo. E poi ho sospirato:
«Specchio, specchio delle mie brame, dimmi che sono la più bella».
E lui, quel deficiente, ha risposto:
«Hai un brufolo sulla fronte».
Ed era vero, per giunta.
Nessuno mi vuole bene.
Nemmeno io.

SOTTO IL LETTO

«C'è un coccodrillo sotto il mio letto!», ha detto Mattia.

Eravamo soli in casa quella sera, mio fratello e io. Papà e mamma giocavano a carte dai vicini di sotto e sapevo che non sarebbero tornati prima di mezzanotte.

Ho chiuso la rivista che stavo leggendo, *4YOU, la rivista per le ragazze che hanno una marcia in più*. Ho preso Mattia per mano e sono andata in camera sua. È rimasto prudentemente vicino alla porta mentre io mi mettevo a quattro zampe per guardare sotto il suo letto. Ho esaminato ogni angolino e poi ho detto:

«Puoi dormire tranquillo, non ci sono coccodrilli sotto il tuo letto».

«Sei sicura?», ha insistito Mattia non troppo convinto.

«Arcisicura», ho risposto. «Sono un'esperta: quella grossa e spaventosa bestia piena di denti che dorme sotto al tuo letto non è un coccodrillo, ma un alligatore. Si riconosce dal muso, che è più corto di quello del coccodrillo.»

«Ed è buono un alligatore?», ha chiesto timidamente Mattia.

«Dipende», gli ho spiegato. «Se gli dai delle cose dolci ti lascerà in pace tutta la notte. Non è che hai delle caramelle nascoste da qualche parte?»

Mattia ha esitato un momento, ma alla fine si è deciso.
Quel marmocchio ha delle scorte da non credere.
Ha tirato fuori un sacchetto di caramelle alla fragola che teneva nascosto nell'armadio, un pacchetto di cicche e due tavolette di cioccolato che conservava nella cassa dei giochi. Ho fatto finta di darle all'alligatore, ma poi ho approfittato del fatto che mi dava le spalle per farle scivolare sotto la mia maglietta.
Mattia era rassicurato solo a metà. Gli ho dovuto raccontare la storia delle libellule e delle farfalle per farlo addormentare. E dargli un bacio sulla fronte.
Poi sono andata a letto, lasciando la luce del corridoio accesa.
Ma era impossibile, non riuscivo ad addormentarmi. Sentivo un sacco di rumori nel buio, fruscii, qualcosa che scivolava lentamente, in modo inquietante. Sotto il mio letto.
Serpenti! Un sacco di serpenti che strisciavano lentamente e srotolavano i loro corpi appiccicosi!

Ho nascosto la testa sotto le lenzuola. Ho trattenuto il respiro. Rabbrividivo di schifo e di paura, sentivo delle carezze raccapriccianti sulla pelle.

All'improvviso si è accesa la luce in camera mia. Era Mattia con il volto sgualcito per il sonno e la paura.
«L'alligatore si è svegliato», ha balbettato. «L'ho sentito muoversi, te lo giuro. Posso dormire con te?»
Senza aspettare la risposta, è scivolato nel mio letto. Ho grugnito:
«Sei proprio un poppante, Mattia. Io alla tua età non avevo paura dei coccodrilli, né degli alligatori, né dei caimani...»
Non ha detto niente. Si è stretto a me, caldo e vivo, rassicurante.
Ho chiesto:
«E i serpenti? Non dirmi che hai paura dei serpenti. Sai, i grossi serpenti che ti si attorcigliano attorno per soffocarti e ingoiarti crudo?».
Mi ha guardato, stupito.
«I serpenti? Ma no, non sono cattivi i serpenti... Se hai paura, basta che gli dai le caramelle alla fragola e se ne staranno buoni buoni...»

CAVOLETTI DI BRUXELLES

Domenica.
Sento la mamma darsi da fare in cucina. Brutto segno, che cosa starà tramando adesso?
Chiedo:
«Che si mangia a pranzo?».
«Cavoletti di Bruxelles. Ne ho trovati di belli al mercato.»
«Mamma, sai benissimo che mi fanno SCHIFO!»
Non mi faccio illusioni. So perfettamente che cosa dirà la mamma. E infatti, lo dice:
«Bisogna mangiare le verdure, Sara. Sono piene di vitamine».
Ho borbottato:
«Si potrebbero mangiare le vitamine, senza quello che ci sta intorno» .

Non ha risposto. Non ho insistito. Mi è venuta un'idea migliore.
«E va bene, vada per i tuoi cavoletti di Bruxelles», ho detto, «però mi lasci scegliere la ricetta».
Contentissima di vedermi cedere così presto, mamma ha accettato. Allora ho preso un libro di ricette, l'ho sfogliato rapidamente e ho annunciato:
«Ecco, ho trovato: *Cavoletti di Bruxelles alla maniera di Bruxelles*. Sembra mangiabile».
Mamma: «E cosa ti serve per la ricetta? Forse non ho tutti gli ingredienti».
Io: «Oh, ma è una roba semplice. Servono hamburger (ce ne sono in freezer), patate, olio...».
Mamma: «E i cavoletti di Bruxelles?».
Io: «Sì, certo. Allora, peli le patate, le lavi e le asciughi bene. C'è scritto: "con uno strofinaccio pulito"».
Mamma: «E i cavoletti di Bruxelles?».
Io: «Ehm... mettili a bagno. Hai asciugato le patate? Bene, allora tagliale a bastoncini, come le patatine fritte. Fai scaldare l'olio...».
Mamma: «E i cavoletti di Bruxelles?».
Io: «Li lavi e togli le foglie rovinate. Adesso gli hamburger. Prendi una padella e fai scaldare un po' di burro. Puoi aggiungere anche un po' di scalogno, mi piace tantissimo».
Mamma: «E i cavoletti di Bruxelles?».
Io: «Aspetta un attimo, lasciali asciugare. L'olio è caldo? Buttaci le patatine. Ecco. Fai rosolare lo scalogno in padella...».
Mamma: «E i cavoletti di Bruxelles?».
Io: «Non preoccuparti, adesso ce ne occupiamo dei tuoi ca-

voletti di Bruxelles. Allora li tagli fini fini come fosse cipolla, in pratica li trituri».
Mamma: «Sei sicura, Sara?».
Io: «Ma insomma mamma, so leggere! Vieni a vedere!».
Mamma: «Va bene, va bene, ti credo!».
Io: «"Tagliate i cavoletti di Bruxelles molto fini e poi riduceteli in purea con il frullatore". Adesso fai cuocere gli hamburger. Il mio ben cotto, per favore. E guarda se le patatine sono ben dorate. Uhmm, che profumino… che delizia! Posso avere il gelato come dessert?».

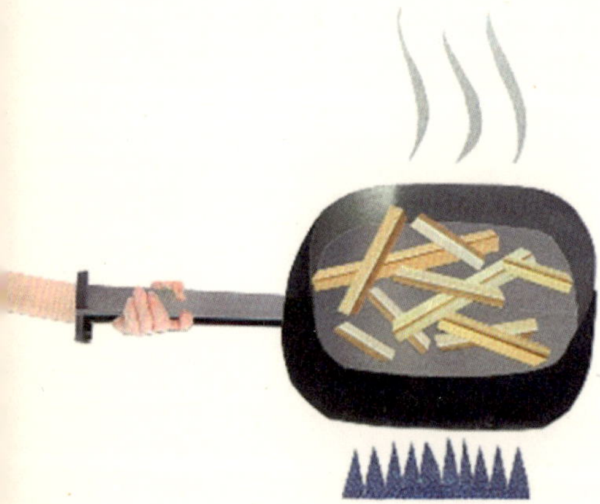

Mamma: «Ma… e i cavoletti di Bruxelles?».
Io: «Bisogna metterli in un sacchetto di plastica».
Mamma: «È proprio strana la tua ricetta».
Io: «Ma visto che è una ricetta di Bruxelles… Devono pur sapere come si prepara il cavoletto di Bruxelles, a Bruxelles. Senti, vado ad apparecchiare la tavola. Vuoi del ketchup con le patatine?».
Mamma: «Ma… i cavoletti di Bruxelles?».
Io: «Li butti nell'immondizia o li dai ai conigli, come vuoi. Dai, a tavola mamma, e buon appetito!».

BABBO NATALE

Stavo facendo i compiti di mate.
Mi piace matematica, da quando la nonna mi ha regalato un nuovo raccoglitore. Con la fotografia di Antonio Calderas, il famoso attore di cinema. Molto bello. Abbronzato. Capelli neri, occhi azzurri e una cicatrice sul mento. Troppo bello.
Allora stavo facendo il mio compito di matematica. Più precisamente, baciavo Antonio. Ha una bocca stupenda. Peccato che le sue labbra sappiano di plastica.
«Mamma ha detto che devi aiutarmi a scrivere a Babbo Natale.»
Ho lanciato uno sguardo severo ad Antonio. Ma no, certo, non era lui ad aver parlato. Era Mattia, il mio fratellino adorato (si fa per dire).
Non ho protestato, non l'ho mandato a spasso. Ho preso il foglio di carta che mi porgeva e ho detto, con voce dolce:

«Sì mio caro. Tu detta, io scrivo».
Mi ha guardato stupito, poi quasi rassicurato, ha dettato:
«Caro Babbo Natale,
per favore, portami delle macchinine rosse (mi va bene qualsiasi marca), una pistola che fa rumore e una scatola di Playmobil, il ranch con i cowboy».
«Nient'altro?», ho chiesto.
Esitante ha aggiunto:
«E poi una Barbie vestita da principessa…».
Ha trattenuto il respiro, in attesa della mia reazione.
Ma io non ho fatto commenti. Ho solo chiesto:
«E cosa metto alla fine? "Bacioni" o "Ti abbraccio forte"?».
«Oh, no», ha fatto lui, «io non lo bacio Babbo Natale. Punge perché ha la barba».
Ho alzato le spalle.
«Non più, si è tagliato la barba già dall'anno scorso.»
«Sei sicura?», ha insistito Mattia. «L'hai visto?».
«Ehm… no… non di persona, ho risposto. Solo in foto. Sai, non assomiglia per niente a quello che dicono. È molto più giovane… e molto, molto bello. Abbronzato. Capelli neri, occhi azzurri… e una cicatrice sul mento…».
Ho lanciato uno sguardo alla foto di Antonio, sul mio raccoglitore. È pazzesco quanto assomigli a Babbo Natale.
«Perché ha una cicatrice?»
«Perché un bambino monello ha lasciato le sue macchinine in giro nel corridoio! Lui ci ha messo un piede sopra e si è schiantato contro la porta del bagno.» Mattia è sbiancato. Sicuramente si è sentito chiamato in causa. Non più tardi di ieri, sono scivolata su una macchinina e mi sono fatta un livido enorme sulla chiappa sinistra.

«Tu… tu pensi che è arrabbiato… e che non tornerà?», ha balbettato Mattia.
Sulla foto, Antonio ha sorriso a trentadue denti.
«No, no, non è arrabbiato», ho risposto. «Ma devi essere gentile. Basta che chiedi un regalo anche per me. E pure per mamma e papà, visto che ci siamo.»
«D'accordo», ha detto Mattia sollevato.
«Scrivi nella lettera quello che vuoi».
E così ho fatto. Ho scritto:

E per mia sorella grande, che è molto gentile e molto carina, per favore, Babbo Natale, porta tutti i DVD dei film di Antonio Calderas. E un vaso di crema dimagrante per mamma. E per papà, un prodotto contro la caduta dei capelli.
Bacioni, Mattia
P.S: manda anche una foto con la dedica a mia sorella grande che ti vuole molto, molto bene…
«Ecco», ho detto a Mattia, «infilo la lettera in una busta e scrivo l'indirizzo. Non dimenticarti di mandarla».
Tutto fiero, Mattia si è allontanato con la lettera sul cuore. Prima di uscire dalla stanza ha chiesto:
«Senti, ci credi a Babbo Natale?».
Ho esitato un attimo. Con la punta delle dita ho accarezzato il volto di Antonio, i suoi occhi, la sua bocca, i suoi capelli… e poi ho detto:
«Ma sì, Mattia, ci credo a Babbo Natale».
Era per farlo contento, certo.
Alla sua età si ha ancora il diritto di sognare.

NON ME NE FREGA NIENTE

Un giorno mamma e papà mi diranno:
«Dobbiamo parlarti. Abbiamo deciso di separarci. Non ci amiamo più come prima, tu capisci, allora è meglio che viviamo ognuno per conto suo. Ma per te e Mattia non cambia niente. Siete i nostri bambini, vi ameremo sempre allo stesso modo...»
E io risponderò:
«Non me ne frega niente... E tanto io lo sapevo. Da un sacco di tempo...».
Un giorno mamma e papà mi diranno:
«Dobbiamo parlarti. Sei nostra figlia, certo, ma hai un altro papà e un'altra mamma. Ti abbiamo adottata quando eri piccola piccola. E ti amiamo come se tu fossi figlia nostra, come il tuo fratellino...».
E io risponderò:
«Non me ne frega niente... E tanto io lo sapevo. Da un sacco di tempo...».
Un giorno mamma e papà mi diranno:
«Dobbiamo parlarti. Abbiamo visto il medico. È molto preoccupato. Hai qualcosa nel sangue. Vuole che ti ricoveri all'ospedale, per fare degli esami e una cura. Sarà una cosa lunga, devi essere coraggiosa...».
E io risponderò:
«Non me ne frega niente... E tanto io lo sapevo. Da un sacco tempo...».

Ma io un giorno dirò loro:
«Vi devo parlare. Me ne vado. Molto lontano, e non vi dico dove. E quando ritornerò, sarete vecchi, molto vecchi. Tu sarai completamente calvo, papà, piccolo e magro, e tu, mamma, enorme, piena di rughe e reumatismi. Io sarò bella, ricca e famosa. Vi metterò in una casa di riposo e, quando sarete morti, vi verrò a trovare al cimitero. Metterò un cactus sulla vostra tomba, uno grosso, pieno di spine».
E poi sbatterò la porta. Sbam! Farò tremare i muri.
E quando sarò fuori, dirò a voce bassissima, o fortissima, non lo so:
«Mamma, papà, vi voglio bene».

DIETRO LA PORTA

Guardavo un Dvd in salotto. Un film dell'orrore. Mio fratello piccolo giocava in camera sua. Suonano alla porta. Grido:

«Mattia, vai a vedere chi è!».

Lo sento aprire la porta. Poi un urlo, la porta che sbatte, una galoppata nel corridoio, e spunta mio fratello, bianco cadaverico, ginocchia tremanti, gli occhi fuori dalle orbite, completamente terrorizzato.

«Là... là... là...», balbetta lui.

«Beh, che cosa hai visto?»

«U... un uomo... tutto vestito di blu... in salopette... e... e... e...»

«E... e... che? Spara! Hai visto Frankenstein o cosa?»

Mattia sprofonda in una poltrona.

«A... a... aveva una valigetta... e un berretto... e un giravite in mano!»

«Ah beh, bravo», gli dico. «È l'idraulico, scemo, viene a riparare lo scaldabagno della cucina. Vieni, me ne occupo io».

Mi alzo sospirando e vado ad aprire al povero idraulico.

Due ore dopo, stessa sceneggiata. Suonano.

«Mattia, vai a vedere chi è!»

Sento la porta aprirsi, poi un grido spaventoso, la porta che sbatte, una galoppata nel corridoio, e spunta mio fratello, sconvolto, con i capelli dritti.

«Là... là... là...», balbetta lui.

«Beh, che cosa hai visto?»
«U... u... una donna... tutta vestita di blu... con una giacca...»
«Ma bene, era la signora Frankenstein questa volta?»
Il volto stravolto dalla paura, Mattia scompare dietro il divano.
«Aveva un pacchetto in mano! Una bomba... salteremo tutti in aria!»
«Scemo», gli ho detto. «È la postina!»
Mi estraggo dalla poltrona e mi vado ad occupare di quella povera donna.
Due ore dopo, ricomincia. Suonano. Questa volta vado io. Apro la porta. Davanti a me, un gigante tutto vestito di nero. Cranio immenso, rasato. Viso ricoperto di cicatrici e sfregi. Sopracciglia spesse. Occhi gialli iniettati di sangue. Niente denti, ma zanne, come un pitbull. Nella mano destra, una pistola. In quella sinistra, un coltello tagliente da macellaio. E uno sguardo da far gelare il sangue.
«Buongiorno», faccio, «è venuto per mio fratello piccolo, giusto?».
Mi giro verso il corridoio e grido:
«Mattia, è per te».
Per l'assassino, preciso:
«Seconda porta a destra, in fondo al corridoio».
Poi, corro in salotto ad alzare il volume del Dvd.

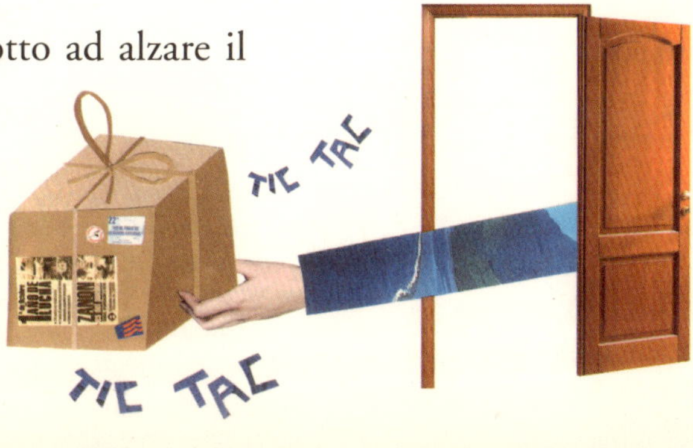

NON TI DIMENTICARE

Quando sono rientrata da scuola ho trovato sul tavolo della cucina un biglietto della mamma.

Sara, stasera rientrerò tardi. Dopo il corso di danza del ventre, esco con papà. Mi porta al cinema!
Non ti dimenticare:
di fare i compiti,
di vuotare la lavastoviglie,
di andare a prendere Mattia alle sei dalla vicina,
di fare la spesa (pane, birra, formaggio grattugiato),
di preparare da mangiare (riscalda la pasta tre minuti al microonde; finisci lo yogurt alla banana che è avanzato e dai uno yogurt alla fragola a Mattia),
di mettere i piatti in lavastoviglie e di sparecchiare la tavola,
di fare il bagno a tuo fratello,
di leggergli una storia,
di chiudere la porta a chiave,
di lavarti i denti e di andare a letto prima delle nove.

Papà ha aggiunto alla fine:
Non ti dimenticare di spegnere la luce nel corridoio.

Non ho strappato il foglio.
Non ho sbattuto la porta urlando: «Ne ho piene le scatole!».
Non ho chiamato il Telefono Azzurro.

Non ho tagliato mio fratello Mattia a pezzetti.
Ho fatto tutto quello che mi hanno chiesto.
Non ho dimenticato nulla.
Ho fatto i compiti, preparato la cena, mangiato lo yogurt alla banana (scaduto da tre giorni). Ho anche comprato una mousse al cioccolato per Mattia (visto che non gli piace, l'ho mangiata io). Gli ho raccontato una storia di coccodrilli che divorano i bambini, ho guardato il telegiornale, ho chiuso la porta a doppia mandata, mi sono lavata i denti.

No, non ho dimenticato nulla.
In particolare di spegnere la luce in corridoio. Ho anche tolto la lampadina. E ho lasciato in giro dappertutto le macchinine di Mattia. E le sue biglie. E ho teso un filo all'entrata della camera dei miei genitori. E ho infilato nel loro letto una spazzola per capelli e un sacchetto di plastica pieno di ghiaccioli.
No, non ho dimenticato niente.
I miei genitori non se la dimenticheranno tanto presto la loro serata.

AL PARCO

Questa mattina ho attraversato il parco, mentre stavo andando dal dentista.
Era una bellissima giornata. Sole, fiori e uccelli sugli alberi (soprattutto corvi).
Ma io avevo mal di denti.
Su una panchina due innamorati si baciavano. Più oltre un ragazzo correva con il suo cane, un bulldog spaventoso, bavoso, ma molto divertente.

Ma io avevo mal di denti.
Vicino alla fontanella, due innamorati (ancora) si tenevano la mano. Vecchi. Almeno trent'anni.
Attaccata sul lampione, c'era una locandina:

Perso gattino grigio
Si chiama GRIGINO!
Se lo trovate, chiamate lo 02 81503825.

Sul prato, una ragazza con una gonna rossa ballava schioccando le dita per tenere il ritmo.
Ma io avevo mal di denti.
Appoggiati a un albero, c'erano due innamorati abbracciati, stretti forte l'uno all'altra.
Attaccato su un pannello di affissione, un annuncio:

Ho perso Milly, la mia bella gatta nera.
Porta un collare d'argento e un medaglione.
Per favore, se la vedete
chiamatemi al 338 4356782.

Ma io avevo mal di denti.
Sul bordo del laghetto, c'era un ragazzo che raccoglieva sassi.
Mi sono fermata per guardarlo. Ha lanciato un sasso sulla superficie dell'acqua. Tre rimbalzi. Niente male.
Quando si è girato l'ho riconosciuto.
Luca, un ragazzo della mia classe. Piuttosto carino. Molto carino.

Mi ha fatto un segno con la mano. Ho fatto finta di non vederlo.
Avevo mal di denti (ma non più tanto).
Improvvisamente, da un boschetto sono usciti due gatti, proprio davanti a me. Un gatto grigio e una gatta nera (con un collare argentato e un medaglione). Si sono fermati, a qualche passo da me, e il gatto ha leccato la gatta.
Allora ho sentito sulla mia pelle che l'aria era dolce, contenta.
Non avevo più mal di denti.
Ho fatto dietrofront e sono ritornata vicino al lago.
Luca c'era ancora.
I rimbalzi mi vengono benissimo.

PERCHÉ PIANGI?

Sono andata in salotto. Mi sono seduta sul divano di cuoio. Il cuoio ha scricchiolato sotto il mio peso. Questo mi ha resa ancora più triste. Ho sentito salire le lacrime. E quando la mamma è rientrata, mi sono messa a piangere.

«Perché piangi, amore mio?»

«Buuu… buuu… Non lo so…»

Si è seduta accanto a me.

«Che significa che non lo sai? Vediamo, cerbiattino mio, dimmi perché piangi…»

Non sopporto che mi chiami "cerbiattino mio"!

«Non lo so, te l'ho detto. Forse per Nino (il cane della nonna). È orribile… Schiacciato dalla macchina che raccatta le cacche di cane! E nonna, adesso, è tutta sola…»

Grosse lacrime scorrevano sulle mie guance.

«Topina mia, è carino pensare alla nonna», ha detto mamma, «ma non bisogna disperarsi per questo».
"Topina mia", adesso, grrrrrr…!
«Ma non è per questo!», ho detto singhiozzando. È per Antonio, piuttosto. Mi ha detto che sono la figlia di un assassino… buuu… buuu…»
È vero, ne ho piene le scatole di farmi insultare perché mio padre fa il macellaio.
Mamma mi ha preso in braccio per consolarmi.
«Ma non devi piangere così, coniglietta mia…»
"Coniglietta mia"! Che vergogna! Allora perché non "scaloppina mia"! Al solo pensiero mi sono messa a piangere come un vitello…

«Ma che cos'hai? Cos'è questo grosso dispiacere?»
«Buuu… buuu… non lo so… Ho fatto un incubo… buuu… un bandito voleva sgozzare papà… E… e poi ho visto alla tele dei piccoli indiani che muoiono di fame… e anche degli africani… non è giusto… buuu… e, mamma, non voglio che muori… mai… mai…»
A questo punto la mamma si è messa a piangere più forte di me.
«Dai, piccolina mia, non bisogna pensare a queste cose… io non morirò…»
"Piccolina mia"! Cosa mi tocca sentire! Ho sospirato profondamente…
«E poi, buuu… buuu… mamma, ti renderà triste, ho preso 4 in matematica…»
«Non fa niente, amore mio», mi ha rassicurata, «non è grave… dai, smetti di piangere…»
Era il momento buono. Ho tirato fuori il mio quaderno dei voti e gliel'ho dato lanciando qualche singhiozzo straziante.
«Devi firmare… qui… buuu…»
Commossa, mamma ha firmato il quaderno. Senza vedere lo zero in geografia, né la nota che mi ha appioppato il prof di ginnastica perché l'ho spinto in acqua tutto vestito.
Per consolarmi, mi ha anche pagato il cinema.
Sono andata a vedere un film tristissimo. Mi è piaciuto.
Ho pianto tanto.

SOLDI

«Non so come arriveremo a fine mese», ha detto la mamma, «devo ancora pagare l'affitto e la mensa per i bambini...».
Quando ero piccola, nascondevo i soldi ovunque in camera mia. Nella scatola dei giochi, sotto il letto. Una volta ho addirittura aperto la pancia di una bambola per nascondere una moneta da due euro. Dopo, non mi ricordavo più dove avevo ficcato i miei soldi. Mio fratello Mattia fa lo stesso. Ma io gli vado dietro per recuperarli. È per il suo bene. Un giorno ci potrebbero fare comodo.
«I freni della macchina si stanno allentando», ha detto papà, «ne avremo per 200 euro almeno...».
Martedì scorso la panettiera si è sbagliata a darmi il resto. Mi ha dato cinque euro in più. Non ho detto niente. Perché una volta ha derubato un'anziana signora araba. Le ha venduto le brioches del giorno prima al prezzo di quelle fresche.

«Hai visto la bolletta dell'elettricità?», ha detto mamma. «È pazzesco quanto sia aumentata...»
L'anno scorso, la nonna ha vinto 100 euro a un gioco e ha dato a Mattia e a me un biglietto da 20 euro ciascuno. Per una settimana, mi sono immaginata tutto quello che avrei potuto comprare: un CD, un braccialetto, una maglietta, una cintura. Alla fine, ho dato il biglietto alla mamma, per pagare il medico.

«Dovresti smettere di fumare», ha detto papà, «pensa che risparmio...».
Un giorno, vicino a scuola, ho visto un barbone. Mi scocciava passargli davanti perché non volevo dargli soldi. Ma lui non mi ha chiesto niente. Anzi, mi ha dato una moneta. Non volevo prenderla. Mi ha detto: «È per te. Per favore. Mi porterà fortuna». Era una moneta da un euro. Da allora la tengo sempre con me.

«Non si parla di soldi davanti ai bambini», ha detto la mamma. «Non bisogna seccarli con queste storie, ne avranno abbastanza quando saranno grandi...»

MORTE

Mio fratello piccolo è morto. Mattia, il mio fratellino adorato. Morto.

È disteso sul letto, rigido, gelido, cadaverico.

Morto.

Ancora stamattina giocava, mi disturbava, si metteva le dita nel naso, anche quando gli dicevo di smetterla. E adesso, è finita. Non si muove più, non respira più.

È disteso sul letto, con un lenzuolo che lo ricopre fino alla vita. Indossa la sua maglietta preferita, quella con un topo verde che salta con la corda. Ho messo fra le sue mani giunte una macchinina rossa e la mia Barbie ballerina, che mi rubava ogni volta che poteva.

Ho chiuso le tende e ho acceso candele ai piedi del letto. E ho gettato petali di rosa ovunque.

Mi sono messa un vestito nero che ho trovato nell'armadio della mamma, un foulard e scarpe con i tacchi. Mi sono inginocchiata e lo guardo.

Mattia, mio piccolo Mattia.

È orribile.

È morto soffocato. Avevo scommesso con lui che non sarebbe riuscito a ingoiare in una volta sola un pacchetto di gomme da masticare. Ha voluto provare lo stesso. C'è quasi riuscito. Ma la nona gomma da masticare gli è rimasta in gola. È diventato tutto rosso, poi blu e poi nero. Poi più niente.

Oh, Mattia, torna, ti prego, torna...
Che shock per papà e mamma, quando rientreranno. Ah, fossi morta io, si sarebbero consolati presto, ma il loro adorato Mattia… Non si riprenderanno mai.
Però la colpa è loro. Glielo avevo detto chiaramente che ero troppo giovane per badare a lui, che non avevo il diploma di

soccorritrice se fosse annegato nella vasca da bagno o se si fosse tagliato un braccio con la sega elettrica. O se si fosse soffocato con le gomme da masticare.
Povero papà, povera mamma.
Sarà dura soprattutto per papà. Si dovrà mettere una cravatta per il funerale, e questo proprio non lo sopporta.
Ah, è troppo triste! Voglio morire anch'io! Mattia, Mattia, svegliati!

Non sto scherzando, Mattia, svegliati, non sei più morto. Non so più che dire. Smettiamo, va bene? Questo gioco è cretino, mi rende malinconica, ho voglia di piangere davvero, adesso.
Dai, svegliati! Lo so che fai finta! Alzati, ti dico! MATTIA! Non fare il cretino! Ti ho detto che non sei più morto!
Va bene, visto che non ci senti, ti avverto, so dove hai nascosto il tuo salvadanaio. Del resto mi devi tre euro, hai perduto la scommessa sulle gomme da masticare...
A proposito, quante ne hai mangiate prima di morire?

MI STAI ASCOLTANDO?

«Mamma, mi stai ascoltando?»
No, è chiaro. Ascolta solo il suo Mattia adorato.
Naturalmente, quello che racconta il mio fratellino è molto più interessante. Il suo amico Lodovico ha portato un coniglio a scuola, stamattina. Avvincente! E tutti hanno potuto accarezzarlo. Bravo, questa è una notizia interessantissima, capisco che la mamma se ne interessi prioritariamente. Sai Mattia, di conigli è piena la macelleria di papà. A 6 euro e 85 al chilo. A questo prezzo, certo, non hanno pelliccia, sono nudi, con la pancia aperta, le zampe all'aria, ma con il fegato, i rognoni e i polmoni.
«Mamma, mi stai ascoltando?»
No, ancora no. Cerca le sigarette. Rischia di essere un'operazione lunga. Sono in fondo al freezer, le sue sigarette. Ce le ho nascoste io. Peccato, ha trovato un pacchetto nel portapane. Ma prima che riesca a mettere le mani sul suo accendino, passerà un sacco di tempo. Eppure io ho un sacco di cose da dirti, mamma. Perché non mi ascolti mai? Vabbé peggio per te, non te lo ripeterò due volte.
«Mamma, mi stai ascoltando?»
Ho preso di nuovo zero in italiano. Me ne frego: anche papà era negato in ortografia quando era piccolo, e questo non gli impedisce di tagliare scaloppine, come ripete sempre. E poi mi trovo brutta: non mi piace il mio naso, è troppo

grande. Sono anche troppo grassa, guarda le mie cosce. Se continuo così, diventerò obesa, come te. Nessuna reazione, è proprio come pensavo, è sorda quando parlo io.
«Mamma, mi stai ascoltando?»
Che fa adesso? Di nuovo al telefono! Se è la nonna, la storia è lunga. Ma quello che ho da dire io non può aspettare. Mamma, penso di essere innamorata. Insomma, forse, non lo so. Si chiama Luca, è in classe mia. È molto carino, secondo me. Ha i capelli castano scuro, quasi neri, e gli occhi azzurri, ma proprio azzurri. Che si fa in questi casi, mamma, dimmi? E se lui non mi ama, mamma, che ne sarà di me?
«Cosa? Scusa? Che cosa mi stai dicendo? Ma sì, mamma, certo che ti sto ascoltando! Ehm… no, non ho niente da raccontarti, non è successo niente di particolare oggi. Ah sì, ti ricordi la mia calza rossa? Bene, ecco, l'ho ritrovata. Dietro la lavatrice. Interessante, no?»

CARNEFICINA

Ho dovuto badare di nuovo a mio fratello piccolo. Tutto il pomeriggio. Gli ho detto:
«Mattia, resta in camera tua e gioca da bravo. Non ho il tempo di occuparmi di te».
Ho preso *4YOU, la rivista per le ragazze che hanno una marcia in più*, e ho letto la posta delle lettrici.
Ho un ragazzo. L'adoro!!! Ma mio padre dice che a 11 anni non posso baciare sulla bocca!!! Da allora quando sono con il mio ragazzo sono imbarazzata!!! Mio padre ha ragione? Camilla.
Non ho fatto in tempo a leggere la risposta. Si sentiva VROOOM, HIIIIIIIIIII! CRASH! BLING! AAAAAAAARGH! dalla camera accanto.
Mi sono precipitata. Sono scivolata su una macchinina e mi sono schiantata sul tappeto.
«Uffi», ha detto Mattia, «era l'ambulanza. Adesso i feriti moriranno tutti».
Giocava all'incidente, con le sue mac-

chinine e i Playmobil. Ce n'erano ovunque in camera, rovesciati, ribaltati, spappolati. Una vera carneficina.
«153 morti!», ha annunciato. «Anche tu sei ferita e morirai.»
Mi sono rialzata (con un livido sulla chiappa sinistra) e gli ho detto:
«Raccogli tutto e subito. Fa schifo il tuo gioco. Guarda, ecco la fattoria con gli animali. Gioca da bravo adesso, hai capito? Senza far rumore!».
Ho tirato fuori le vacche, le pecore, i maiali, i polli, il gatto, il cane e la giraffa. Il coccodrillo me lo sono tenuto io.
Sono tornata in camera mia e ho ripreso a leggere.
Sono innamorata, ma non so se lui mi ama e voglio sapere come fare a sedurlo. Presto ragazze, rispondetemi!!! Sofia.
Anche a me piacerebbe saperlo. Potrei provare con Luca. È

un ragazzo in classe mia, ed è molto, molto, molto carino!!! Che consigli danno le ragazze?
Invitalo, gioca con lui, fargli complimenti e lanciagli sguardi innamorati. Io ho fatto così; da allora mi ama e stiamo sempre insieme!!! Maria.
Non posso continuare. Accanto riecheggiano miagolii, piagnucolii, guaiti strazianti. Sono corsa a vedere cosa stava succedendo. Mattia, in ginocchio sul tappeto con un coltello in mano, sgozzava un maiale. Per renderlo più verosimile, aveva bagnato il coltello nel ketchup.
Ho urlato, disgustata. Lui mi ha guardata, con aria stupita: «Ma sto giocando al macellaio! Guarda, qui c'è il mattatoio, pum, accoppo il maiale, trac, gli taglio la pancia, tolgo le budella, e lì c'è la macelleria... Vuoi braciole o sanguinaccio?».
«Smettila con questo massacro!», ho gridato, «è spaventoso!».
Sono proprio stupidi questi giochi da ragazzi! Ho frugato nel mio armadio e ho tirato fuori la mia vecchia Barbie e un Ken. Barbie è vestita da ballerina, con un tutù rosso, e Ken da violinista. Ho detto a Mattia:
«Gioca con le bambole. Così ti calmi».
Sono tornata in camera mia per leggere il seguito dell'articolo.
Amo un ragazzo che si chiama Giovanni. Stiamo insieme da un po'. Il problema è che non mi mostra mai i suoi sentimenti. Una settimana fa mi ha detto che mi amava, ma tutto qui, non mi dice nient'altro di dolce!!! La mia amica Lucia dice che si vergogna davanti ai suoi amici. Aiuto!!! Carlotta.
Ho sospirato. È come fra me e Luca. Che cosa bisogna fare?
Il tuo ragazzo è sicuramente molto timido! Non devi volergliene, ti ama perché te lo ha detto! Ma non sono d'accordo con Lucia;

non c'è da vergognarsi ad amare! E comunque devi spiegarglielo tu: amare è una cosa BELLISSIMA e NATURALE! Jenny
Jenny ha ragione, parlerò con Luca.
Ma che sta combinando Mattia? Non fa rumore e questo non è normale. Ascolto dietro la porta della sua camera. Eh, cosa??? Lo sento che parla da solo:
«Oh, amore mio, vieni fra le mie braccia, sì, stretta a me…»
Ma di che parla? Apro silenziosamente la porta. Ha spogliato le due bambole, e Barbie si stringe a Ken mormorando:
«Luca, amore mio, come sono belli i tuoi occhi azzurri, ma proprio azzurri! Come ti amo, oh come ti amo!».
Questo bambino è malato! Malato e maniaco. Gli ho strappato le bambole dalle mani, gli ho dato una mitragliatrice di plastica e gli ho detto:
«Massacra chi vuoi, non mi interessa, perché tanto tu non sei normale».
Ho preso Luca, anzi no… Ken, e sono tornata in camera mia e l'ho coricato sul letto, vicino a Barbie.
E ho letto un'altra lettera di 4YOU..
Amo un ragazzo, ma sono troppo timida, non ho il coraggio di baciarlo… Vi prego, rispondetemi…
«Tatatatatatatatatatatatatatatatatatata!», faceva Mattia nella camera accanto.

TI AMO

Mi sono svegliata nel bel mezzo di un sogno. Un sogno azzurro, ma proprio azzurro. Ero leggera come una bolla di sapone, leggera come un tappo di sughero.
Sto ancora sognando e dico:
«Ti amo».
Mi alzo di botto. A piedi uniti sul tappeto. Il tappeto scivola. Mi schianto sul muro.
Mezza stordita dico:
«Ti amo».
Mi alzo, spalanco la finestra, le tapparelle. Una raffica di pioggia ghiacciata mi colpisce in faccia.
Dico:
«Ti amo».

In bagno. Scivolo su un pezzo di sapone perso in fondo alla vasca. Mi aggrappo al tubo della doccia. Il braccio della doccia mi cade sulla testa. Fa molto male. Grosso bernoccolo.
Dico:
«Ti amo».
Colpi contro la porta chiusa a chiave. La voce di mio padre:
«Ma che stai combinando lì dentro? Sbrigati! Ho fretta!».
Dico:
«Ti amo».
Due minuti dopo, in cucina. Mia madre, sigaretta in bocca, distratta, mi versa latte bollente sul polso. Non si scusa nemmeno.
Dico:
«Ti amo».
Veloce, in camera mia. Vestirsi, preparare la cartella per la scuola. Infilare le scarpe, una giacca a vento. Occuparsi del fratello piccolo, che bisogna accompagnare a scuola. Ha una pistola in mano. Me la ficca nella pancia. Grida:
«Sei morta!».
Crollo. Mormoro, esalando l'ultimo respiro:
«Ti amo».
Basta giocare. Prendo il fratello piccolo per mano, scendo le scale con lui. Apro la porta di casa.
E lui è là. Luca. Mi aspetta. Sorridendo, mi guarda. I suoi occhi sono azzurri, ma proprio azzurri.
Io dico…
Non so cosa dire.
Dico:
«Hai un brufolo sul mento».

CACCA

Cacca di una cacca di una cacca di cane! Ci sono andata dentro con tutto il piede. La colpa è del mio fratellino Mattia, naturalmente. L'ho portato allo zoo questo pomeriggio, e lui camminava senza guardare dove mette i piedi, come al solito. Proprio davanti a lui, sul marciapiede, c'era una grossa cacca di cane, tutta molle. Ho gridato:

«Mattia, attento!», e l'ho tirato per il braccio.

Sì, ma per colpa sua non ho visto che ce n'era un'altra, un po' più avanti, e ci ho messo il piede sopra. Con le mie scarpe da tennis nuove. Uffa. Sembrava cioccolato fuso. Camminando, ho lasciato orme marrone scuro dietro di me. Grazie Mattia. Per colpa tua mi vergogno come una ladra. All'incrocio, neanche a farlo apposta, abbiamo incontrato Luca. È un mio compagno di classe. Molto carino. Ma scemo. No, il contrario: scemo, ma molto carino. Ha detto:

«Ah, ciao, Sara. Come va?».

Ho risposto:

«Cacca di una cacca di una cacca al cioccolato, ecco come va!».

L'ha fatto ridere. Mi chiedo perché.

E poi ha tirato fuori dalla tasca una tavoletta di cioccolato. Mi ha chiesto:
«Ne vuoi?».
Puah, cioccolato. Mi ha fatto pensare a quello che avevo attaccato sotto le suole. Ho risposto:
«E tu, la vuoi una sberla?».
Non ha capito niente, lo scemo. Mi ha guardato con grandi occhi tristi. Mamma mia come sono belli i suoi occhi! Azzurri, ma proprio azzurri. Per consolarlo, ho detto:
«Andiamo allo zoo. Se vuoi, puoi venire con noi».
Era tutto contento. Anch'io. Gli ho detto di occuparsi di Mattia e di portarlo a vedere i serpenti e i ragni giganti. Quelle bestie schifose mi fanno orrore, solo il pensiero mi fa venire la pelle d'oca.
Mentre erano via, ho pulito le mie scarpe da tennis nelle pozzanghere e le ho asciugate con i fazzolettini.
Mattia è tornato tutto eccitato:
«Ho visto un serpente che faceva la cacca!», urlava.
Ho detto:
«Mattia, stai zitto, non si parla di queste cose».
Bisogna ripartire da zero con l'educazione di questo bambino.
Poi siamo andati a vedere gli elefanti. E che cosa stavano facendo? No, non lo dirò! Comunque la cosa ha interessato molto Mattia. Ha dovuto commentare:
«Hai visto le loro cacche? Sono enormi!».
Mi vergognavo perché c'era Luca. Ma lui ha detto:
«Sai, la mia sorellina conosce solo due parole: "cacca" e "pipì"».
Mi sarebbe piaciuto parlare d'altro, ma non sapevo cosa

dire. Ho guardato Luca, anche lui mi ha guardato, ne sono sicura, è diventato rosso. Ma proprio in quel momento Mattia ha chiesto:

«Come fanno la cacca i coccodrilli?».

Volevo dargli una sberla, ma Luca si è messo a ridere. Ho detto a Luca che era uno scemo.

Del resto è vero, è scemo.

Ma molto carino. Per i suoi occhi. Azzurri, ma proprio azzurri.

Luca non ha detto più niente. Neppure io. Forse abbiamo litigato.

Usciti dallo zoo, sul marciapiede c'era una cacca di cane. Ancora una. Io la vedo, Luca no. Penso:

«Se la pesta significa che lo amo, se la evita, non lo amo. No, il contrario: se la pesta io…».

Pluf, l'ha presa in pieno!

Oh, accidenti! Non so che cosa significa: lo amo o non lo amo? Non lo amo, o lo amo?

STORIE

DI

LUCA

10

Mi chiamo Luca. Dodici anni fra qualche mese, un metro e sessantanove (di già), occhi azzurri, capelli neri.
A parte questo, non saprei cos'altro raccontare.
Ho una madre. Spesso mi rompe le scatole. Ma è il suo mestiere.
Ho una sorella maggiore. È terribilmente scocciante. Inutile parlarne.
Ho anche una sorellina, che ha due anni. Parla appena.
E un padre. A dire il vero, avevo un padre. È andato via da un anno. Non mi va di parlarne.
Mi sa che è troppo difficile dire «io».
E se provassimo con la terza persona?
«Luca è molto carino, con quegli occhi azzurri, proprio azzurri». Questo l'ha detto Sara, una mia compagna di classe. L'ho sentita parlare con Viola durante l'ora di musica. Io non la trovo molto

carina. A parte i suoi occhi. Verdi come cavoletti di Bruxelles. Mmm, gnam, gnam!
«Luca è bravo in difesa. Ma in attacco è un disastro. Quando è davanti alla porta la manca sistematicamente. Sembra che abbia paura di far dispiacere al portiere avversario». Questo è l'allenatore. Commenti dopo una partita. Con qualcuno che non conosco. Non è neanche vero. Nell'ultima partita ho segnato un gol. Un autogol.
«Non lo sopporto più! Lo odio! Sai cosa ha fatto? Ha tagliuzzato la mia maglietta con un taglierino. È pazzo, ti dico. Ma questa me la paga! E anche molto, molto cara!» Questa è Valeria che parla al telefono con Irina, la sua migliore amica. Ha cominciato lei. Mi ha rubato gli occhiali da sci, un paio di Satan all'ultima moda. Nega, ma io so che è stata lei.
La terza persona non è niente di che.
Proviamo a vedere come viene alla seconda persona?
«Luca, ma sei sordo o cosa? Non hai ancora portato giù la spazzatura? Sei come tuo padre, non si può contare su di te. E hai visto la tua camera? Fammi il favore di sistemare quel casino! Non sognarti nemmeno che lo faccia io al tuo posto, non sei più un bambino piccolo!»
Stop! Si può togliere il sonoro, per favore?
La conosco a memoria questa canzone, strofa e ritornello.
No, escluso, la seconda persona non si presta affatto.
Allora vada per «io», e non se ne parli più.
A meno che un giorno non ci sarà un «noi». Noi, noi due, innamorati…
E voi, che cosa ne pensate? Sì, voi*!

* Niente, "loro" non pensano niente, mi sa.

CAMERA

Stufo, stufo, stufo!
Ne ho piene le scatole!
Non è giusto! Mia madre mi ha chiuso in camera! Sì, ha chiuso la porta a doppia mandata, sono prigioniero, privato della mia libertà! E questo solo perché c'è un po' di disordine. «Non voglio più vedere questo casino!», ha urlato. E non potrò più uscire per un mese se non sistemo tutto in un'ora.
Mollo un calcio alla porta? Sistemare? No, io spacco tutto, la devasto questa camera! Ecco, questo CD io lo… Ah no, questo no, sono i Magicabula, mi piacevano moltissimo quando ero piccolo. Carino! L'ho cercato ovunque l'altro giorno. Ecco, adesso lo metto nel cassetto con gli altri CD. Il fatto è che non c'è neanche un CD nel cassetto dei CD. Che confusione che c'è! Calzini, gomme da masticare usate, riviste strappate. Ma io non sistemo, questo è sicuro, quella sarebbe troppo contenta. Butto tutto giù dalla finestra. Forza, sbam!... Oh, e questi cosa sono? I miei occhiali da sci. Satan all'ultima moda. Credevo che me li avesse fregati Valeria, mia sorella. Le ho anche tagliuzzato la sua maglietta preferita per vendicarmi. Perfetto, li rimetto al loro posto, nell'armadio, sulla mensola centrale. E ne approfitto per buttare a terra tutti i miei vestiti, così mia madre avrà un buon motivo per urlare.

Il problema è che l'armadio è quasi vuoto. Assurdo, non ho niente da mettermi. La mia maglia di calcio della Juve, per esempio, dov'è finita? Scommetto che mia madre l'ha buttata, solo per farmi un dispetto. Spam! Calcio di destro su montagnola di vestiti che stanno sul tappeto… e gol! Wow! I vestiti spiccano il volo e atterrano sul letto… ehi, ma è la mia maglia! Grande! La piego e la sistemo nell'armadio. E questi sono i miei jeans con gli scudetti che mi sono cucito da solo! Quando penso che li ho cercati un mese intero! Che casino in questa topaia! Ma che quella non conti su di me per fare le pulizie, mia madre intendo! Raccolgo ancora questi tre calzini e dopo mi metto in sciopero! Mi sdraio sul letto e non mi muovo più. Ahia! Che cosa c'è sotto il piumone? Una scarpa da calcio. Non male, furbo, chi ce l'ha potuta nascondere? E l'altra dov'è? Ah, sotto il letto.
Bene, adesso aspetto. Mia madre può venire, vietarmi di uscire per anni, ma io non muovo più un dito.
La chiave gira nella serratura, la porta cigola. Chiudo gli occhi. Mi tappo le orecchie. Attenti, sta per esplodere!
«Ah, bene amore mio. Bravo, perfetto. Vedi che non è poi così difficile mettere in ordine la stanza?»
Mettere in ordine? Ma di che parla? Questa è pazza! No, non pazza: squilibrata!

TERRORE

Non mi fa paura. Neanche un po'.
Il gigantesco Lodo, il terrore della scuola. Un metro e ottanta, novanta chili, testa rasata, due denti rotti. È in terza media, ma deve essere stato bocciato due o tre volte.
Insulta i prof, ricatta i piccoli, e se ti avvicini troppo, pum! Pesta.
Non mi fa paura. Neanche un po'.
L'altro giorno, sull'autobus, è sprofondato sul sedile davanti a me lanciandomi uno sguardo truce. Non ho battuto ciglio. Ho contato fino a dieci e ho mormorato fra i denti, con un gran sorriso:
«Non mi fai paura, sai, non sei altro che un grosso ammasso di ciccia ambulante».
Non ha protestato. Ha fatto ripetutamente su e giù con la testa, come i cagnolini di plastica sul lunotto posteriore nelle macchine delle nonnine.
Allora ho detto a voce più alta, senza guardarlo:
«Ne ho piene le scatole di te! Non ci impressioni affatto, capito?».
A questo punto mi è parso proprio che stesse per reagire. Ha bofonchiato qualcosa che non ho capito grattandosi la pancia, poi ha iniziato a rosicchiarsi le unghie. Uff, salvo.
Ho aspettato il tempo di due fermate, e poi ci sono andato giù pesante:

«Insomma, ci devi lasciare in pace, non ti abbiamo fatto un bel niente, noi».
Ha alzato la testa. I suoi occhi hanno incrociato i miei, solo per un decimo di secondo. Ho smesso di respirare. Ma ha ricominciato a muovere la testa come un deficiente. Tremava tutto. Buffo. Faceva ridere.
Mi sono raddrizzato, ho respirato profondamente, e via: «Mica ci fai paura, sai. La prossima volta che fai il bullo con qualcuno ti denuncio».
È rimasto un attimo con la bocca spalancata, soffocato, ne sono sicuro. Io non mi sono scoraggiato, ho addirittura sorriso, un pochino.

Allora si è tolto gli auricolari dell'mp3. Hanno fatto plop, plop, da quanto se li era conficcati nelle orecchie. Deve essere sordo.
Di botto mi ha chiesto: «Che ore sono, deficiente?».
Ho fatto con calma, ho tirato su la manica della mia giacca a vento, ho guardato l'orologio e ho risposto: «Le cinque e mezza, Lodo».
Ha raccolto il suo zaino, si è alzato a fatica e mi ha dato le spalle. L'ho sentito bofonchiare qualcosa.
Potrebbe aver detto: «Grazie»?

GRANDE

A mia madre ho detto:
«Mamma, mi metto a sistemare la mia collezione di francobolli. Se chiamano, di' che non ci sono, d'accordo?».
«Ma certo tesoro», ha risposto lei.
Mi ha passato una mano fra i capelli e ha aggiunto sospirando:
«È proprio vero che stai diventando grande».

A mia sorella Valeria (quell'oca), ho detto:
«Non disturbarmi, faccio ginnastica.»
«E che mi frega?», ha risposto (con grande gentilezza) lei. «Non sono la tua baby sitter e tu non sei più un neonato, giusto?»
Alla mia sorellina ho detto:
«Alice, tesoro, Luca ha bisogno di stare un po' tranquillo.

Deve fare un sacco di compiti per la scuola. Giochi sola, da brava, d'accordo?»
«Ok, bello», ha risposto lei.
Usa espressioni un po' strane da quando va all'asilo.
Ho chiuso la porta della mia stanza. Ho aperto l'armadio, ho tirato fuori uno scatolone che era nascosto in fondo, dietro i vestiti appesi. L'ho posato sul tappeto e ho alzato il coperchio.
In corridoio, ho sentito Alice dire a mia madre:
«Sssst, Luca sta studiando. Non è divertente essere grandi, bisogna fare sempre i compiti per la scuola.»
Ho tirato fuori i Lego, le macchinine, i soldatini medievali. E Totò, il mio vecchio orsacchiotto.
Ed è cominciata la battaglia.

Ha vinto Totò.

VOCE

Suona la sveglia.
Faccio finta di non sentirla e sprofondo sotto le coperte. Non ho voglia di alzarmi. Fa freddo stamattina, e a scuola c'è la verifica di matematica.
«In piedi, torta al limone!»
Eh? Chi ha parlato? Salto giù dal letto, guardo dappertutto, sotto il letto, dietro la porta. Ma no, nessuno. E perché la sveglia ticchetta in modo così strano? Sembra un ghigno malefico.
Mi chiudo in bagno. Mi spoglio, mi faccio la doccia.
«Non dimenticarti le orecchie, topolino!»
Eh? Chi ha parlato? Apro l'armadio, il cesto della biancheria. Scemo, non ci si può nascondere nessuno. Ma allora, chi ha parlato? La doccia sputa tre getti furiosi: sembra che mi prenda in giro!
Filo in cucina, rassicurato, non ci penso più. Mi siedo, verso il latte nella tazza. Accendo la radio. Il frigorifero ronfa, la lavatrice sciaguatta, la caffettiera goglotta. Normale. Rassicurante.
Sulla strada per andare a scuola, la catena della bicicletta cigola. No

anzi, sibila, bisbiglia: «Psspss, fantolin, c'hai un pisellin. Psspss, fantolin…». Smetto di pedalare, smette anche lei, ma non appena appoggio il piede sul pedale, ricomincia: «Psspss, fantolin, ecc.»
«Zitta!», dico. E poi non mi chiamo Psspss!
Ma quella continua con la sua solfa: «Psspss, fantolin, c'hai un pisellin…». Quando arrivo vicino al portone una ragazza si gira. Sara. È in classe mia. Mi fissa e sorride. Divento rosso. Uffa! Deve aver sentito quella deficiente.
Ora di matematica. Finisco il compito di matematica. Tranquillo. Improvvisamente, una voce. Ancora. Sto diventando

pazzo forse? È il mio astuccio, appoggiato davanti a me.
«Ciccio, hai sbagliato tutto!»
Che stupidaggine! Apro l'astuccio, lo svuoto, lo agito. Ma la voce ricomincia beffarda:
«Ciccio, sei un disastro, hai sbagliato tutto!».
Si diverte davanti a tutti, si prende gioco di me. Io vado nel panico, aspetto la reazione dei miei compagni: avranno sentito anche loro? No, hanno la testa bassa sul foglio. Sto delirando, non c'è dubbio, sono pronto per l'ospedale psichiatrico. Allora prendo l'astuccio, lo ficco nello zaino e gli ordino:
«Zitto o ti distruggo!».
Ma quello risponde:
«Luca adesso basta, piantala con questa sceneggiata!».
Ma è assurdo, sa il mio nome! È un brutto film, ditemi che sto sognando! Insiste:
«Luca, ti vuoi calmare, sì o no?».
Grido:
«Anche tu, rottame razza di schifezza!».
In quel momento cominciano le urla. Alzo gli occhi. È il prof, rosso di collera.
«Tre ore di sospensione! Portami il tuo quaderno delle note!»
È il prof! È lui che ha parlato! Non sono pazzo! Tutto felice, mi alzo, mi precipito, gli porgo il mio quaderno:
«Oh grazie, prof, grazie, grazie!».
Gli prendo la mano, lo bacio. Non sono pazzo! Non sono pazzo!
«Ma sei suonato?», sbraita il prof.

SONO BELLO

Ho aperto la porta del bagno. Sono entrato. Ho sbattuto il ginocchio contro uno sgabello che era stato lasciato in giro. Ho richiuso la porta alle mie spalle. Mi sono spogliato. Nudo, dalla testa ai piedi. E mi sono contemplato allo specchio, nel grande specchio dell'armadio.

Sono bello.

I miei occhi sono belli. Azzurri, proprio azzurri. Il mio naso è bello, come la mia bocca. Il mio mento è bello. I miei pettorali sono belli. I miei bicipiti, bellissimi. Toccate, è acciaio. Il mio ombelico è bello, è bello anche tutto quello che c'è sotto. Sì, sì, è proprio vero. Le mie ginocchia sono belle. I miei polpacci sono belli. E i miei piedi, ah, i miei piedi, che belli che sono!

In sintesi: sono bello. Trovo.

E poi mia madre ha aperto la porta. Accidenti! Mi ero dimenticato di chiudere a chiave. In un attimo ho preso un asciugamano e me lo sono avvolto intorno ai fianchi.

Ha acceso la luce.

«Che ci fai al buio?», ha chiesto.

Non dico niente. Chiudo gli occhi. La luce mi brucia le pupille.

Non voglio vedere niente.

Sono bello.

Al buio.

COLORI

È successo al semaforo, davanti al municipio. Ero con mia madre (pantaloni beige) e la mia sorellina Alice nel passeggino (azzurro). Il semaforo era verde.
«Guarda l'omino dei pedoni, Alice, di che colore è?»
«Rosso!», risponde Alice, fiera.
«Bene, amore mio», dice mia madre.
Tira fuori un biscotto al cioccolato dalla sua borsa (giallo acceso) e lo dà ad Alice.
Proprio in quel momento vicino a noi si è fermata una giovane donna. Pantaloni neri e maglietta arancione. L'ho riconosciuta subito. Sono diventato prima bianco, poi rosso pomodoro. Accidenti! La mia prof d'italiano. Mi sono chinato e ho fatto finta di allacciarmi le scarpe da tennis (grigio chiaro con strisce rosse).
Ma lei mi ha riconosciuto:
«Oh, buongiorno Luca, come va?».
Le lancio un'occhiata nera. Farfuglio:
«Ehm, buongiorno prof Santoro».
Mia madre si volta. Ha una macchia marrone (cioccolato) sulla maglietta bianca.
«Oh, buongiorno!», grida. «Lei è la professoressa di Luca, giusto?»
Imbarazzata, si passa la mano tra i capelli (castani).
«Sì, certo», risponde la prof.
Sono verde di rabbia. Spero che almeno non cominceranno

a far conversazione sul marciapiede. Nel frattempo, il semaforo è passato dal giallo, al rosso, al verde.
«Rosso!», grida Alice.
Ok, ok, Alice, l'omino è rosso. Dobbiamo restare a lungo impalati qui sotto questo cielo grigio e minaccioso?
La prof si inginocchia davanti ad Alice e resta stupidamente estasiata.
«Come ti chiami, piccolina?»
Oh, oh, panico. In due secondi, cambio tre volte colore: rosso mattone, bianco come un lenzuolo, e di nuovo rosso, sangue. La prof ha un paio di pantaloni a vita bassa e ho visto… il suo tanga! Nero, di pizzo.
La prof si rialza, mi sorride (rossetto argentato). Incrocio per un attimo il suo sguardo (occhi grigi, molto luminosi).
«Si comporta bene in classe?», domanda mia madre.
A quel punto ripasso al verde (come l'omino dei pedoni).
«Sì, sì, non ci sono problemi con lui», risponde la prof.
«Pipì, pipì!», grida Alice sollevandosi il vestito (rosa, con coniglietti azzurri ricamati sopra) e mostrando le mutande (giallo pallido).
Salvo!
E invece no. Mia madre non fa caso alle urla di mia sorella. È diventata rosa in volto per l'eccitazione.

«E studia?», le domanda ancora.
Sono diventato marrone. E sì, verde (di rabbia) e rosso (di vergogna) che insieme fa uno strano colore (tipo cacchetta).
«Va abbastanza bene (Ah, i suoi occhi grigi!). Tranne l'ortografia, dove il nostro Luca indubbiamente miete le correzioni in rosso.»
«Pipì! Pipì!», urla Alice a squarciagola.
È viola. Mia madre si precipita. Ah, finalmente!
La prof si congeda, attraversa la strada (nonostante sia rosso per i pedoni). Arrivata dall'altra parte si gira e agita la mano verso di me. Sono su una nuvoletta (rosa). Nella mia testa risuona una strana musica «Bonga, Bonga, ha un tanga (nero)».
Alice fa la pipì nel canaletto di scolo. Io do le spalle, fisso senza leggerlo un manifesto davanti a me (lettere verde spinacio su fondo giallo canarino).
Mia madre si alza e mi guarda in modo strano.
«Che cos'hai, Luca? Sei tutto bianco. Non è che stai covando qualche malattia?»
«Sì», bofonchio, «la scarlattina. Oppure la cianosi».
«Verde!», grida Alice puntando il dito. «Verde, mamma, verde!»
È terribilmente intelligente, questa piccolina. Le regalerò un album per colorare.

È COLPA MIA

Certe volte penso a mio padre che non c'è più.
È colpa mia.
La sera, quando ero a letto, li sentivo spesso litigare. I miei genitori, voglio dire. Le parole esplodevano come pallottole. Faceva male. Allora mettevo la testa sotto il cuscino, per non sentire più.
È colpa mia.
Un mercoledì ho visto mio padre con un'altra donna. Bionda, cicciottella, con un vestito bianco e rosso. Erano davan-

ti alla posta. Lui le ha preso la mano, lei si è stretta a lui. I loro volti si sono avvicinati. Mi sono nascosto dietro un albero e ho chiuso gli occhi.
È colpa mia.
E poi, una domenica, ha ficcato i vestiti nelle valige. Ha impacchettato i suoi oggetti negli scatoloni. Non mi sono mosso, non ho fatto niente, non gliel'ho impedito. Mi sono chiuso in camera e ho pianto. Piangere è da sfigati. La sera, era partito.
È colpa mia.
Forse sì.
Forse no.
Ma non è colpa mia se la lampada del salone si è rotta. Mi stavo allenando nei tiri in porta nel corridoio. Spem! Spem! La palla colpiva la porta del salone. Spem! Spem! Facevo gol ogni tiro. E poi… Crash! Crash! Ho sentito uno strano rumore. La lampada era caduta. Mia madre ha urlato, la sera, quando se n'è accorta. Ma io ho gridato più forte:
«Non è colpa mia! Non colpa mia! Non colpa!».
E mi sono chiuso in camera.
Per piangere.
Perché?
Perché?
Piangere è da sfigati.

LETTERA

Devo scrivere una lettera a mia nonna.
Sono tre giorni che mia madre mi rompe: «Devi ringraziarla per i soldi che ti ha mandato».
Capirai: un biglietto da dieci euro per il mio compleanno. Se tolgo il costo della busta e del foglio di carta, più sessanta centesimi per il francobollo, non resta più granché.
«Potrei telefonarle», ho detto. Ma no, a quanto pare non sta bene: la nonna mi ha mandato una lettera, e quindi devo rispondere con una lettera.

Potrei anche inviare un SMS. È come scrivere. Peccato che la nonna non abbia il cellulare. Tanto non ce l'ho neanche io. Va bene, ok, scriverò. Una cartolina. È più facile da riempire. E poi, ne ho trovata una gratis. Me l'ha data un'amica. Suo padre fa il macellaio e nel suo negozio ci sono delle cartoline con le ricette. Ecco, per la nonna ho scelto *Stufato di vitella da latte*. Un nome decisamente orrendo, ma non ho di meglio. Comincio con lo scrivere: *Cara nonnina*. Ah, no, aspetta, posso mettere la data, occupa una riga. Poi: *grazie per i soldi*. No: *Grazie mille per i soldi*. Potrei dire: *Ti ringrazio molto per i soldi che mi hai mandato per il mio compleanno*. Ma non sono sicuro dell'ortografia.
E adesso? Non ho più idee. Ah, sì: *Come va?* Non male. Caspita, sono solo a metà cartolina, non riuscirò mai a riempire tutto. Ecco, aggiungo: *Spero che tu stia bene.* E posso scrivere:

Io sto bene. Sarà contenta di saperlo, immagino. Ancora due righe. Mordicchio la penna. Sospiro. Ma come fanno gli scrittori a scrivere centinaia e centinaia di pagine? Scommetto che copiano.

Rileggo: *Cara nonnina, Grazie mille per i soldi. Come va? Spero che tu stia bene. Io sto bene.* Mancano sempre due righe, accidenti!

Clic, ho un'idea!

Mamma sta bene, Valeria sta bene, Alice sta bene. Valeria e Alice sono le mie due sorelle, la grande e la piccola. Peccato che non siano tre. E un cane, un gatto e un pesce rosso. Ah, dimenticavo, nonna ha un gatto. Com'è che si chiama? Ah, sì, Micio. Presto, scrivo: *Come sta Micio?*

Ecco, ho finito. Resta ancora del bianco, ma ci scriverò *Tanti bacioni* e una grossa firma.

La cartolina nella busta, indirizzo, francobollo, finito! Sono stanchissimo, svuotato. Non ho proprio niente da dire alla nonna.

Oh, cavoli. Mi sono scordato di chiederle di mandare la sua ricetta della torta al ribes, così la mamma me la fa. E anche se ha ritrovato la vecchia lampada da ferroviere del nonno. Aveva promesso che me l'avrebbe data.

E di comprare i vermi per pescare quando andrò da lei, la prima settimana di vacanza.

Avevo ragione io, devo telefonarle.

IMMAGINAZIONE

Una sera, a cena.
Ci siamo tutti: mia madre, mia sorella maggiore Valeria e Alice, la piccolina della famiglia. E ci sono anch'io, certo.
La mia sorellina affonda le mani nel passato di verdura e se lo spalma sul viso. Mia madre non reagisce. È tutta presa da una conversazione con mia sorella Valeria. Asciugo il muso del piccolo mostro verde e cerco di intervenire:
«Avete visto che c'è un nuovo inquilino al terzo piano?».
Un buco nell'acqua. Lo sapevo. Parlano degli amori di un attore di cinema: divorzierà? e a chi verrà affidato il cane? (non sono sicuro di capire).
Secondo tentativo:
«Avete visto il tipo del terzo piano? A me sembra strano, non risponde neanche quando lo si saluta, ti guarda con i suoi occhietti gialli… mi fa venire i brividi».
Nessun effetto. Hanno finito con l'attore, adesso discutono di tanga. Mia sorella può portarlo quando va a scuola? Mia madre è contraria. Mi piacerebbe dare la mia opinione, ma non ne ho una. Vorrei almeno riuscire a partecipare. Allora alzo la voce, per farmi sentire:
«Quello del terzo piano non è normale, ne sono sicuro. Ha una cicatrice sulla fronte e teschi tatuati sulle braccia. E ha sempre un pugnale alla cintura. Quando sono passato da-

vanti casa sua, oggi, ho visto tracce di sangue sul suo zerbino. E ho sentito delle urla dietro la porta».
«Le hai provate?», chiede mia madre.
No, non dice a me. Di che parlano adesso quelle due? Oh, no! Questo no! E a tavola! Di cose da femmine. Accidenti, divento rosso, complimenti. Impossibile fermarle. Mi tappo le orecchie. Allora parlo da solo:
«Al terzo piano succedono cose orribili. Il nuovo inquilino rapisce le donne e i bambini, li rinchiude in casa sua e li taglia a pezzetti con un coltellaccio. Per dar da mangiare ai suoi piraña. O erano coccodrilli, non mi ricordo più».
Mi tolgo le mani dalle orecchie. Non hanno ascoltato. Alice,

la mia sorellina, è scivolata sotto il tavolo. Lecca il pavimento. È il suo nuovo gioco, pensa di essere un cane. La tiro su e le do un pezzo di pane.
Tossisco, molto forte. Mia madre e Valeria continuano tranquillamente la conversazione.
«E allora, io vi dico che quel tipo bisognerebbe arrestarlo. Sono sicuro che è pure un terrorista. Darà fuoco al palazzo, uno di questi giorni, o metterà una bomba al supermercato. Wow, salteremo tutti in aria!»
Ma sono sorde? Sotto il tavolo, Alice mi morde un polpaccio.
«A cuccia, cagnaccio!», grido.
Senza preavviso, mia madre si rivolge a me:
«Non dici niente, Luca?».
Resto di stucco. Biascico:
«Ehm, no…».
«Coi ragazzi è così», sospira mia madre, «mai niente da raccontare. A proposito, come è andato il tema?».
«Mah, così così. La prof ha detto che non ho abbastanza immaginazione.»

PA PÀ

Sabato, ore 15:50.
Preparo le mie cose per il fine settimana. Andiamo da mio padre, Alice e io. Valeria, mia sorella maggiore, non viene. Domani partecipa a un concorso di danza.
«Luca, sei pronto?», grida mia madre dal salotto.
No, non sono pronto. Tanto mio padre arriva sempre in ritardo. Ha detto che sarebbe passato intorno alle 16. Vedremo.
Mio padre. Come lo chiamo? È un mese e mezzo che non lo vedo.
«Papà?» No, non ce la faccio.
Non posso più.
Per nome? «Antonio?» Non funziona.
È un nome adatto a un macellaio, o a un prof di matematica. E mio padre è disoccupato.
Sistemo la mia Nintendo DS nella sacca da ginnastica.
Pigio tutto e chiudo la cerniera. Mi siedo sul letto. Aspetto.
Mio padre.
Potrei chiamarlo Renato. È il suo secondo nome. Come il nonno. Nonno Renato. Ma nonno Renato è morto. Anche papà è morto.
No, Renato non è adatto. È un nome da nonno. E mio padre non sarà mai nonno.
Io non avrò mai figli.

Più di mezz'ora di ritardo. Alice, la mia sorellina, è entrata in camera mia. Gioca con le scarpe da calcio. La lascio fare. Mamma le ha messo un vestito rosso di velluto.
Zinedine. Sarebbe bello che papà si chiamasse così. Centrocampista del Real Madrid. Campione del mondo, pallone d'oro. Il calciatore più pagato del mondo. Avrei il suo poster in camera. E lo vedrei solo due volte all'anno. Durante le pause del campionato.

La sveglia lampeggia sul comodino. 17:15, 17:15, dura un'eternità. Tanto non viene.
Alice si è addormentata sul mio letto. Stringe tra le braccia una scarpa da calcio.

Granpirla. Ecco il nome di mio padre. Granpirla, Granpirla, Granpirla.
In realtà non è così grosso, ma piuttosto robusto.
Fa judo e karaté.
Ore 18:21.
Ha telefonato. La mamma dice che la sua macchina è in panne.
Forse è vero.

Ho svuotato la sacca. Tutto sul tappeto.
Mamma ha spogliato Alice. Le ha rimesso i jeans e il suo vecchio maglione azzurro.
Niente. Lo chiamo Niente, mio padre. Nessuno, Zero, Niente.
Alice mi si avvicina, mi mette le braccine intorno alle gambe. E mi guarda con i suoi occhi neri.
«Quando avrò un papà lo chiamerò Luca».
Papà?
Papà?

TI AMO

Ci sono un sacco di cose importanti che non si imparano a scuola. Riparare una lavatrice, per esempio, o rammendare i calzini. E dire: «ti amo».

Come si fa quando ci si innamora per la prima volta? «Ti amo», sì, sembra facile in teoria. Ma in pratica? Quando bisogna dirlo? E con che tono? In che posizione? Bisogna lavarsi prima i denti? Bisogna mettersi la cravatta o il papillon? Lo si deve dire in un orecchio? O con un SMS?

Si può mandare tutto a monte se non si è allenati.

E allora io mi alleno. Due volte alla settimana, mercoledì e sabato pomeriggio. Immagino una situazione: per esempio, sono innamorato di Sara, una ragazza della mia classe. Calma, è solo un'ipotesi. Sono andato allo zoo una volta con lei e suo fratello piccolo, tutto qui.

Innanzitutto, bisogna aspettare il momento giusto. Non posso dirle «ti amo» davanti alla gabbia delle scimmie. Né davanti ai serpenti o ai ragni giganti. Quindi devo attirarla verso una panchina. Lei si siede, appoggio a terra il ginocchio, la guardo con tenerezza e le dico: «ti amo».

Lo faccio veramente. In camera mia, in ginocchio sul tappeto.

Un po' esagerato, no? Rischio di sporcarmi i pantaloni.

Oppure: sono innamorato di Lucia. È più alta di me, ma un giorno la supererò. E poi è una scelta strategica, è molto brava a scuola, soprattutto in italiano. Come fare con lei? Le

do appuntamento in biblioteca per preparare un'interrogazione. Siamo seduti a un tavolo, fianco a fianco. Spingo il mio quaderno verso di lei e le chiedo:
«Mi puoi dire se ho fatto errori di ortografia?».
Naturalmente sul quaderno c'è scritto «ti amo».
Altra situazione: mi innamoro di Eleonora. Perché no? È simpatica e gioca bene a calcio. Il problema è che parla sempre, anche a scuola. Allora, come dirle «ti amo»? Ho un'idea. La porto al cinema a vedere un film dell'orrore. Lei è incollata alla sedia. Io le passo un braccio dietro le spalle e, quando l'uomo con la motosega amputa il piede sinistro del benzinaio, mi chino su Eleonora e le dico secco: «Ti amo». Lei, tremando per la paura, cade fra le mie braccia.
Funziona. Ho provato la parte con il panda di pelouche a grandezza naturale della mia sorellina. Passo il braccio intorno alle sue spalle, mi chino verso Eleonora (insomma, il

panda) e dico a voce alta (perché il benzinaio sullo schermo sta gridando a squarciagola): «Ti a...»
Proprio in quel momento fa irruzione in camera mia Valeria, mia sorella maggiore, la scema.
«Ma che stai combinando? Giochi ancora con i pupazzi, alla tua età?»
Mi alzo e lancio il panda lontano.
«Sei pazza», rispondo. «Mi sto allenando per judo. Faccio le prese, vedi, questa si chiama *o-soto-gari*.»
E hop! Le faccio una dimostrazione e lei perde l'equilibrio e cade all'indietro. Ed eccola, fra le mie braccia, stupita. Resta per un bel po' con la bocca aperta, come un pesce morto.
«Ti amo!», le dico per scherzo, mi raccomando, per scherzo.
«Cretino!», sbraita lei mentre si raggomitola penosamente.
Me ne frego. Adesso lo so: fare cadere una ragazza ai propri piedi non è difficile.

DOMANDE

Cena.

«È tornata la maestra?», chiede mia madre.

Innanzitutto, non sono più alle elementari, ma alle medie, e si chiamano prof e non maestre.

S'è persa una puntata.

E poi che cosa cambia se la prof è tornata? A che cosa servono le medie?

Certo, lo so, a imparare.

Ma perché devo imparare cose tipo il futuro indicativo e Carlomagno?

Ah vero, per preparare il mio futuro. È quello che dicono sempre i genitori e i prof.

Ma cos'è esattamente il mio futuro? Ne ho uno? E se muoio domani? Schiacciato da un ippopotamo allo zoo o avvelenato da una torta alla crema. Perché no? Può succedere.

Quando si è morti, ci si rende conto che si è morti? Che cosa succede dopo? E a chi daranno la mia mountain bike? Escluso che la recuperi Valeria, la mia sorella maggiore. Anche perché non saprebbe che farsene.

E quanta gente verrà al mio funerale?

E se poi non sono veramente morto? Se mi sveglio nella tomba? E se nessuno mi sente? Ho visto un film in cui succedeva, un DVD, in cui un ragazzo veniva seppellito vivo. Gridava, batteva, sbatteva contro il coperchio della tomba,

ma nessuno lo sentiva. Com'è che si intitolava quel film? Eh? Cosa? Chi ha parlato? Ah, sì, mia madre. Cosa dice?
«Rispondi alla mia domanda, sì o no?»
Ah, sì buona domanda. Ma qual è la domanda?
«Gelato al cioccolato», ho risposto. A caso.
A proposito, chi ha inventato il gelato al cioccolato?

NON RUBATO

Ah, no, lei non l'ha rubata.

Quindici giorni fa, sono tornato da scuola con un cappello nuovo. Un Mike, autentico, made in China, c'è scritto sopra. Mia madre l'ha visto. E subito ha abbaiato:
«Non l'avrai mica rubato!».
Ero furioso. Certo che non l'ho rubato. Ho fatto uno scambio. Con Kevin, un tipo di terza. Al posto di una bambola Barbie. Proprio così, quello scemo è innamorato di Valeria, mia sorella grande, e mi ha promesso il suo cappello in cambio di qualcosa che apparteneva a mia sorella. «Un oggetto intimo», ha precisato. Non ho capito bene cosa volesse dire con "intimo". Ho pensato alla Barbie. L'ho rubata alla mia sorellina che ci stava giocando.
Naturalmente non ho potuto raccontare questa storia a mia madre, e lei mi ha costretto a restituire il cappello.
L'altro giorno, stessa storia. Sono tornato a casa con una maglia del Toro. Nuova di pacca (a parte un buco di sigaretta, ma si vede appena). Immediatamente, mia madre ha gridato:
«Non l'avrai mica rubata!».
No, non l'ho rubata. L'ho vinta. Ho scommesso con Yuri che la prof di italiano portava il tanga. E l'abbiamo visto tutti quando si è abbassata per raccogliere un pezzetto di gesso. Nero, di pizzo. Il tanga, intendo.

Naturalmente non ho potuto raccontare questa storia a mia madre, e lei mi ha costretto a restituire la maglia.
Ma stamattina mi sono vendicato. Mi ha trascinato al supermercato. Per farmi portare i sacchetti. Ero carico come un somaro. È entrata in un negozio di vestiti. Io sono rimasto fuori. Ho aspettato per ore. Alla fine è uscita con un sacchetto di plastica. Ha tirato fuori una maglietta. Orrenda, rosa con le paillettes. Fierissima dell'acquisto, me l'ha mostrata.
Ho visto lo scontrino che cadeva a terra. Lì vicino, c'era una guardia. Un armadio in completo nero, cento chili di muscoli, la testa rasata. Allora, a voce alta, ho chiesto:
«Non l'avrai mica rubata!».
Subito la guardia si è avvicinata. Ha chiesto a mia madre lo scontrino. Lei non l'ha trovato, certo. Allora la guardia l'ha afferrata per le braccia e l'ha trascinata verso gli uffici.
Io ho raccolto lo scontrino e ho pensato:
«Eh no, lei non l'ha rubata».

CALCIO

Ero ancora in pigiama. Giravo intorno a un cumulo di vestiti sparpagliati in mezzo alla mia camera, chiedendomi che cosa mi sarei potuto mettere. Era un mercoledì d'autunno, grigio e ventoso.
Valeria, mia sorella maggiore, fa irruzione e calpesta allegramente un maglione e una giacca a vento.
«Come ti sembro?»
«Fastidiosa! E stai attenta a dove metti i piedi».
Batte i piedi, mi acchiappa per un braccio.
«Ma no, dimmi se sto bene.»
Ispeziono il sopra e il sotto. Jeans a vita bassa, maglietta con un grande quadrato rosso, trucco da star.
«Chiudi la porta, c'è corrente», dico io.
«Cretino, dimmi se sto bene, Matteo arriva fra una mezz'ora.»
Matteo? Suppongo sia il fidanzato di questa settimana.
Non ho neanche il tempo di chiederglielo. Valeria è scomparsa.
E io, che cosa mi metto? Tiro una manica. Una maglietta di Snoopy. Troppo da bambino. Smuovo il mucchio di vestiti con il piede. Che cos'è questo coso giallo? Un vecchio accappatoio di mio padre. Ma che ci fa lì? Lo butto nel cestino per la carta.
«E così, come ti sembro?»

Ancora lei! Si pavoneggia davanti a me, in abito lungo nero, scarpe nere, nastro nero nei capelli, un quintale di nero sugli occhi.

«Mah. Non sarai un po' troppo colorata?»

Valeria mi dà un calcio sulla tibia urlando:

«Non capisci niente! Mi sta benissimo!».

Esce sbattendo la porta. Che sceneggiata! Quante storie per un tipo.

Ho pescato un paio di pantaloni della tuta. Non male. Ma non ho trovato la giacca. Peccato, è una roba di marca, un regalo del mio padrino.

«Così?»

Ancora lei! Questa volta in rosso e nero, pantalone aderente e maglione peloso. Trucco assortito.

«Fantastico», dico.

Come se me ne fregasse qualcosa.

Insiste, gira su se stessa.
«Sei sicuro? Gli piacerà?»
«Sì, sì, impazzirà, ovvio».
Ah, finalmente, se ne va.
È pazzesco il guardaroba che ha. E io? Niente! Prendo a calci con tutte le mie forze l'ammasso di vestiti. Vanno ovunque. Acchiappo al volo una maglia con le maniche lunghe. Fantastico, è quella della Juve. L'ho vinta quando ho fatto una scommessa con Yuri, un mio compagno di classe. Mia madre voleva che gliela rendessi, ma l'ho tenuta di nascosto.
Me la metto. Che fico! Cercando bene dovrei trovare un paio di pantaloncini neri da calcio. Eccoli lì, sono atterrati sulla scrivania.
Campanello della porta d'ingresso. Galoppata nel corridoio. Valeria va ad aprire al suo amichetto. Che faccia ha? Devo andare a vedere.
Mi precipito. Matteo è nell'ingresso. Pantaloni della tuta neri, scarpe da ginnastica nuovissime.
«Ciao!»
Si gira verso di me. Mi batte un cinque.
«Wow, forte la maglia! Anch'io tifo Juve.»
Simpatico il tipo. Subito parliamo della squadra, dell'allenatore, della prossima partita.
Valeria mi dà una gomitata, mi spinge e si piazza davanti. Matteo non la vede e continua a parlare con me.
Un urlo, una porta che sbatte. Io e Matteo ci guardiamo.
«Non ti preoccupare», gli dico. «Hai visto di che colore è vestita? Tifa il Milan, questo spiega tutto.

SOLDI

Voglio
Soldi, quattrini, cocuzze, contante,
grana, pecunia, piccioli, palanche
a milioni, a miliardi
in euro o dollari da contare fino a tardi,
voglio essere un riccastro, un gran signore
sfrecciare in Porsche e Ferrari a tutte l'ore

(ma guarda, questo fa rima con andare al Creatore)
Fumare sigari Avana Trinidad
Mangiare caviale, ostriche e champa'
E abbuffarmi di Nutella fino a qua!
È vero, sono proprio stufo di non avere niente. Niente computer, niente cellulare, e le mie scarpe da ginnastica fanno schifo.
Comunque non è giusto. Ci sono quelli che hanno tutto, casa con piscina e cucina a incasso, tre televisioni, dieci mountain bike, spiaggia in estate, sci a febbraio. Ok, io trascorro le vacanze da mia nonna, è una cosa carina, posso pescare e andare in barca da solo sul fiume. L'anno scorso ho preso un luccio e due trote. Ma mi piacerebbe andare alle Baleari, come un riccastro, con la mia Porsche e la mia Ferrari, i miei sigari, il mio caviale e il mio champa'. E la mia nutella fino a qua.

«Sei assillante», dice mia madre. «Pensi solo ai soldi. A proposito, mi devi cinque euro, ho pagato la tua quota per il judo.»
«Sei privo di poesia», dice mia sorella. «Pensi solo ai soldi. A proposito, non è che hai dieci euro? Devo comprare una gomma per la mia bici.»

CINEMA

Volevo andare al cinema a vedere *Massacro alle medie 3*. Sembra che ci sia una scena pazzesca, quando il prof di ginnastica viene strangolato con uno spaghetto.
Mia madre non voleva: «Troppo violento», ha detto. Ma io ho compiuto dodici anni la settimana scorsa.
All'inizio ho provato a trattare.
«Se mi lasci andare, ti prometto che sistemerò la soffitta», ho proposto.
«Ho detto no! Capisci l'italiano?», ha replicato mia madre.
Ok, mi sono detto, provo un'altra tattica.
«In classe mia ci vanno tutti! Io invece non posso fare mai niente.»
«Anche Sara? Mi stupirei se i suoi genitori le facessero vedere questo tipo di film. Chiederò a suo padre, lavora alla macelleria del supermercato.»
Accidenti, uno a zero per lei!
Non ho gettato la spugna.
«Ho capito, mi impedisci di uscire», ho mormorato. «Sono prigioniero.»
Mi sono chiuso in camera mia e ho messo la musica a palla. Non mi sono mosso quando mi ha chiesto di buttare la spazzatura. Non ho aperto quando è venuta a portarmi i calzini. Si chiama resistenza passiva. Avrebbe ceduto, ne sono certo. E invece no, sono io che ho ceduto. Per colpa delle lasagne.

Il profumo in casa era troppo buono. Allora sono uscito, ma non ho detto neanche una parola per tutto il pranzo, non ho risposto a nessuna domanda, ho fatto come se non esistesse. Ha, ha, ha!

E poi avevo una tattica di riserva.

L'indomani, appena sveglio, ho cominciato.

«Buongiorno mamma, allora posso andare al cinema stasera?»

A colazione:

«Allora è ok per il cinemino stasera, eh?».

Sparecchiando la tavola:

«Lasciami andare al cinema, per favore».

Sotto la doccia, ho cantato, sbraitato:

«Tra-la-la, stasera ci-ne-ma!».

Lei ha gridato: «Piantala con questa sceneggiata!», ma io ho continuato. L'ho supplicata, minacciata, vezzeggiata, implorata: e l'ho assillata per tutto il giorno.

Lei non ha ceduto.

Allora ho giocato la mia ultima carta:

«Me ne frego, chiederò a mio padre. Lui mi lascerà andare.»

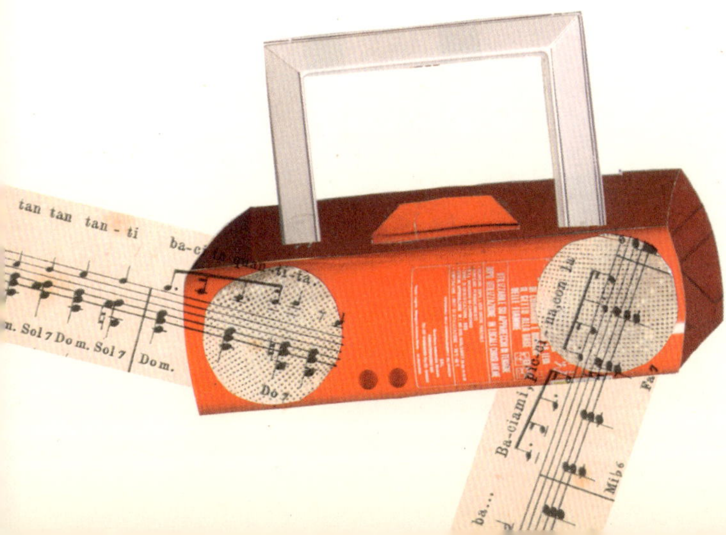

È sbiancata.

«Ok, vai pure», ha ceduto.

Ecco tutto. Non sono molto fiero di me ma, pazienza, almeno ho vinto.

Sono andato al cinema. Era bello. A parte che ho sbagliato orario. Non ho visto *Massacro alle medie 3*, ma un film coreano sottotitolato in inglese. Non ho capito niente.

Pazienza: ho vinto.

Sì, esatto: ho vinto.

Pazienza.

CARAMELLA

In città lo chiamano “Rotelle”, per il carrello con le rotelle che si porta dietro per fare la spesa. Io dico “Signor Rotelle”. Il signor Rotelle ha ottantacinque anni, i reumatismi e un cappello in testa. Quando lo incrocio per strada, la conversazione è sempre la stessa:
«Ciao, Luca… Lucaramella!», dice lui.
E ride. All’inizio mi dava fastidio. Adesso non più. Io rispondo:
«No, oggi è Lucatastrofe»
Oppure: Lucasociale, Lucatapulta, Lucasseruola, Lucasino, Lukamikaze…
Ho tutto un repertorio.
«Sì, sì», dice lui scuotendo la testa, «ma per me sei Lucara-

mella. Tu sei una caramellina e vedrai che quando sarai grande le ragazze faranno a gara per mangiarti. Ma dovranno avere buoni denti!»
E ride.
Io divento rosso.
L'altro ieri l'ho incontrato vicino al centro commerciale. Era seduto su una panchina, con accanto il carrello. Quando gli sono passato davanti mi è sembrato che dormisse. E invece no, ha sollevato una palpebra e mi ha sussurrato:
«Ehi, ciao Lucaramella.»
Faceva fatica a parlare.
«No», ho detto, «oggi è Lucaucciù».
Non mi sentivo molto ispirato.
«Sì, sì», ha mormorato, «ma per me tu sei Lucaramella».
Ha tossito come se provasse dolore, e poi ha aggiunto:
«Guarda nel mio carrello, ragazzo, c'è una cosa per te» .

Ho obbedito. Nel suo carrello ho trovato un grosso sacchetto di caramelle.
Ero sorpreso. Era la prima volta che mi dava qualcosa. Non sapevo cosa dire. Ha mormorato:
«Dai, adesso vattene. Addio Lucaramella» .
E ha riso. Un riso arrochito, quasi un singhiozzo.
Ho detto: «Grazie», e me ne sono andato. Mi sono girato una volta sola. Era rannicchiato sulla panchina, con il carrello a rotelle vicino a lui.
Poco fa, quando sono rientrato da scuola, mia madre mi ha annunciato:
«Sai che cosa ho saputo stamattina dal panettiere? Il signor Rotelle è morto. Povero vecchio, gli volevo bene».
Non ho reagito. Mi si è stretta la gola. Un po'.
In camera mia ho tirato fuori il pacchetto di caramelle. L'ho aperto. L'ho svuotato sul letto e ho contato le caramelle. Ce ne sono cinquanta.
Rifletto. Le mangio? Le tengo come ricordo? Se ne mangio una all'anno, mi ricorderò del signor Rotelle per cinquant'anni. Se ne mangio una al mese, mi ricorderò di lui soltanto per quattro anni e due mesi.
Se le mangio tutte oggi, mi dimenticherò di lui?
No, ma mi verrà mal di pancia.
Sul pacchetto c'è scritto: Da consumarsi preferibilmente entro l'8/12/2015.
Forse per allora sarò morto. E non potrò più pensare al signor Rotelle.
Vado a dare le caramelle ad Alice, la mia sorellina. Le porterà all'asilo.
E comunque non mi piacciono le caramelle.

FESTA DELLA MAMMA

Accidenti, domani è la festa della mamma e io non so cosa regalare a mia madre.
In più ho solo 4,37 euro, in monetine.
Ho guardato nel salvadanaio della mia sorellina, ma ho trovato solo due bottoni e due gettoni per la giostra.
Ho proposto a Valeria, mia sorella maggiore, di farle un regalo insieme. Si è messa a ridere:
«Le ho fatto un berretto ai ferri. Se vuoi, puoi farle una sciarpa assortita, ti do la lana».
Ah, ah, ah, che ridere!
Ho chiesto a Sara, una mia compagna di classe, che cosa avrebbe regalato a sua madre. Non c'è dubbio che in questi casi le ragazze hanno più idee.
«Io, mio padre e mio fratello piccolo le abbiamo comprato un epilatore elettrico. È in offerta al supermercato».
Un epilatore elettrico? Non ne ho mai sentito parlare.
Sono corso al supermercato, per informarmi.
È una specie di rasoio per donne. No, ma siamo pazzi? La mia mamma non ha peli! Né baffi.
Poi mi sono ricordato che la migliore amica di Valeria, Irina, lavora in una profumeria e dà sempre a mia sorella campioncini di prodotti di bellezza.
Dopo scuola, sono andato a trovarla nel suo negozio e sono tornato a casa con un sacchetto pieno di campioncini di pro-

fumo: Azur, Charade, Mirage, Fleur de Lune, Extravagance, Poison… Una vera e propria collezione.
Ho svuotato tutto in un vecchio flacone che ho trovato in cantina. Non c'è molto liquido nei loro campioncini: il flacone non era neanche riempito a metà. Ma un profumo è fatto per l'80% di alcol. Allora, ho aggiunto dell'alcol etilico e un po' di rum per colorare. Ho mischiato bene e poi ho odorato.
Aaaaaaaaaarg! Davvero schifoso. Ho svuotato l'orribile mistura nel lavandino.
Tutto da rifare.
E poi, clik! L'idea del secolo. Questo le piacerà di sicuro: un poster con la dedica dei giocatori della Juve! Un regalo da sogno, no?
Sono corso a comprare un poster della mia squadra del cuore in un negozio di sport. Visto che non c'erano poster con le dediche dei giocatori, ho chiesto ai miei compagni di firmare. Hanno scarabocchiato delle belle firme illeggibili. Tranne Sara. Ha disegnato un cuore intorno al suo nome. Geniale. L'ho dovuto cancellare riscrivendoci sopra. L'effetto è un bel pastrocchio.
Nonostante ciò la mamma era molto commossa quando ha scartato il mio regalo stamattina:
«Che cos'è?», ha chiesto.

Le ho spiegato. Ha scosso la testa borbottando: «Ah sì, ah sì, ah sì», da tanto che era contenta.
Voleva darmi un bacio, ma mi sono scansato.
«Grazie, Luca amore mio», ha detto. «È un regalo originale. Sai che cosa facciamo? Appenderai il poster in camera tua. Così potrò vederlo ogni volta che passo l'aspirapolvere».
Grande. Ha tralasciato solo un piccolo particolare: da tre settimane, sono io che devo fare le pulizie in camera mia. Pare che ci sia troppo disordine.

FINE

Mercoledì mattina. Sala d'attesa del dentista.
Leggo un fumetto. Scenette di Jimmy e Daffy. Sono in classe. La prof è di spalle. Fanno una catapulta con due penne, un righello e degli elastici. Stanno per lanciare una bomba ad acqua… Accidenti, manca una pagina!
Ma come finisce questa storia?
Mercoledì pomeriggio.
Sdraiato sul tappeto del salone, leggo una rivista d'informatica. La porta del corridoio è aperta. Mia sorella è al telefono. Con la sua amica Irina, sembra. Naturalmente, ascolto la conversazione. È divertente:
«Senti questa. Ero rimasta con Marco nel corridoio, al secondo piano, e… Come? Beh, non te lo dico la cosa non ti riguarda! Eravamo lì quindi, e improvvisamente vediamo aprirsi la porta della 211. Ci appostiamo dietro alla colonna, e indovina chi esce dalla stanza? La prof di italiano con il prof di ginnastica! Sì, Ceruti! Ma che ci faceva lì… aspetta, non è tutto…».
Accidenti, mi ha visto.
«Un attimo, qualcuno ci sta ascoltando », dice lei.
E si chiude in camera sua con il telefono.
Ma come finisce questa storia?
Mercoledì sera.
Guardo un film alla tele. Suspense pazzesca. Un serial killer

assassina bambini. Li ammazza a colpi di dizionario. Si tratta di una prof di italiano che si vendica degli alunni scarsi in ortografia. Un bambino esce da scuola, una sera, senza immaginare che lei ha portato con sé un'enorme enciclopedia. Il poveretto attraversa il parco al buio e…
«Luca, a letto, sono le dieci e mezza passate!»
«Ma mamma, voglio sapere come finisce!»
Mia madre è intrattabile. S'impadronisce del telecomando, s'installa sul divano. Io la conosco bene, non si muoverà di un millimetro fino a quando non sarò andato a letto.
Ma come finisce questa storia?
Giovedì mattina, lezione d'italiano.
Disastro, mi sono scordato di fare il compito!
Tema: Scrivete la fine del testo a pagina 42 dell'antologia.
Ohi, ohi, me lo sento, succederà il finimondo!
Questa fine la conosco bene: due sul registro e compiti supplementari, ecco come va a finire!

STORIE DI SARA

STORIE DI LUCA

Finito di stampare nel mese di febbraio 2014
presso Printaly - Schio (VI)